共和国故事

赤子之心

——著名科学家钱学森回到祖国

郭晓娜 编写

吉林出版集团股份有限公司

图书在版编目（CIP）数据

赤子之心：著名科学家钱学森回到祖国/郭晓娜编. —

长春：吉林出版集团股份有限公司，2009. 12

（共和国故事）

ISBN 978-7-5463-1746-5

Ⅰ . ①赤… Ⅱ . ①郭… Ⅲ . ①纪实文学 – 中国 – 当代 Ⅳ . ①I25

中国版本图书馆 CIP 数据核字（2009）第 237756 号

赤子之心——著名科学家钱学森回到祖国

CHIZI ZHI XIN　　ZHUMING KEXUEJIA QIAN XUESEN HUIDAO ZUGUO

编写　郭晓娜

责任编辑　祖航　李婷婷

出版发行　吉林出版集团股份有限公司

印刷　三河市嵩川印刷有限公司

版次　2010 年 1 月第 1 版　　　　2022 年 1 月第 14 次印刷

开本　710mm × 1000mm　1/16　　　印张　8　字数　69 千

书号　ISBN 978-7-5463-1746-5　　　定价　29. 80 元

社址　吉林省长春市福祉大路 5788 号

电话　0431 – 81629968

电子邮箱　tuzi8818@126. com

前　言

自 1949 年 10 月 1 日中华人民共和国成立至今,新中国已走过了 60 年的风雨历程。历史是一面镜子,我们可以从多视角、多侧面对其进行解读。然而有一点是可以肯定的,那就是,半个多世纪以来,在中国共产党的领导下,中国的政治、经济、军事、外交、文化、教育、科技、社会、民生等领域,都发生了深刻的变化,中国人民站起来了,中华民族已屹立于世界民族之林。

60 年是短暂的,但这 60 年带给中国的却是极不平凡的。60 年的神州大地经历了沧桑巨变。从开国大典到 60 年国庆盛典,从经济战线上的三大战役到经济总量居世界第三位,从对农业、手工业、资本主义工商业的三大改造到社会主义市场经济体制的基本确立,从宜将剩勇追穷寇到建立了强大的国防军,从废除一切不平等条约到独立自主的和平外交政策,从"双百"方针到体制改革后的文化事业欣欣向荣,从扫除文盲到实施科教兴国战略建设新型国家,从翻身解放到实现小康社会,凡此种种,中国人民在每个领域无不留下发展的足迹,写就不朽的诗篇。

60 年的时间在历史的长河中可谓沧海一粟。其间究竟发生了些什么,怎样发生的,过程怎样,结果如何,却非人人都清楚知道的。对此,亲身经历者或可鲜活如昨,但对后来者来说却可能只是一个概念，对某段历史的记忆影像或不存在，或是模糊的。基于此，为了让年轻人，特别是青少年永远铭记共和国这段不朽的历史，我们推出了这套《共和国故事》。

《共和国故事》虽为故事，但却与戏说无关，我们不过是想借助通俗、富于感染力的文字记录这段历史。在丛书的谋篇布局上，我们尽量选取各个时代具有代表性或深具普遍意义的若干事件加以叙述，使其能反映共和国发展的全景和脉络。为了使题目的设置不至于因大而空，我们着眼于每一重大历史事件的缘起、过程、结局、时间、地点、人物等，抓住点滴和些许小事，力求通透。

历史是复杂的，事态的发展因素也是多方面的。由于叙述者的视角、文化构成不同，对事件的认知或有不足，但这不会影响我们对整个历史事件的判断和思考，至于它能否清晰地表达出我们编辑这套书的本意，那只能交给读者去评判了。

这套丛书可谓是一部书写红色记忆的读物，它对于了解共和国的历史、中国共产党的英明领导和中国人民的伟大实践都是不可或缺的。同时，这套丛书又是一套普及性读物，既针对重点阅读人群，也适宜在全民中推广。相信它必将在我国开展的全民阅读活动中发挥大的作用，成为装备中小学图书馆、农家书屋、社区书屋、机关及企事业单位职工图书室、连队图书室等的重点选择对象。

编　者
2010 年 1 月

目录

一、回到祖国

钱学森乘船回到祖国/002

钱学森踏过罗湖桥/017

钱学森为了回国历尽艰辛/025

中科院举行欢迎宴会/041

二、担当重任

钱学森在东北考察/046

钱学森起草意见书/054

毛泽东接见钱学森/058

担任国防部第五研究院院长/064

三、努力奉献

白手起家研制导弹/069

两弹结合爆炸原子弹/079

钱学森总体负责卫星发射/090

四、科研成就

中国航天事业的开创者/104

中国近代力学奠基人/107

中国自然科学领导者/109

一、 回到祖国

● 钱学森说："咱们一定要尽快回到中国去，那里需要我。"

● 1955 年 10 月 8 日上午，钱学森终于踏上了罗湖桥头，回到了祖国的怀抱。

● 一见面，周恩来就紧紧握住钱学森的手，激动地说："学森同志，你回来真好啊！我们欢迎你，我们的国家太需要你这样的人才了！"

钱学森乘船回到祖国

1955 年 10 月 1 日的清晨，在那一望无际的太平洋海面上，一艘巨轮正劈波斩浪地驶往香港。

在这艘轮船上，有一位 40 多岁的中年人，此时正迈着稳健的步伐踏上甲板。阵阵海风不时掠过，吹散了他的头发。

他眺望着水天一色的远方，望着一轮喷薄而出徐徐升起的朝阳。他屈指一算，已经在海上航行 15 天了。

他望着朝霞映红的远方，那就是他魂牵梦绕的祖国。此时，他多么希望脚下不是轮船的甲板，而是火箭的舱壁呀！

他就是闻名世界的科学家、归心似箭的赤子钱学森先生！

他想到自己即将回到祖国，并把自己的才能贡献给新中国，他的心中禁不住涌起一阵澎湃的激情。

这场景不禁使他联想到，20 年前只身离开上海黄浦码头时的情形，以及在美国的场景……

钱学森早年就读于北京师大附中和交通大学。1934 年暑假，他从交大毕业，考取了清华大学公费留学生。

在当时，这种公费留学生实际上就是指那些"庚子赔款留学生"。

在这些留学生中，为人们所熟悉的有胡适、茅以升、竺可桢、高士其、周培源、费孝通、闻一多、吴大猷、杨振宁、李政道等。

1935年，在赴美留学前，钱学森来到他的导师王士卓的办公室。

王士卓很欣赏钱学森的才华，在学习上，对钱学森更是关怀有加。眼看着爱徒要留美深造了，王士卓心里虽有不舍，但他仍然为钱学森能有这样的机会而深感高兴。

他放下手中的工作，拉了张椅子让钱学森坐下，两人你一句我一句地谈了起来。

王士卓告诫钱学森说：

　　学森啊，你要时刻牢记，无论你走到哪里，都不要对自己的祖国说三道四。你要知道，每一个国家的人民，都把自己的祖国奉为至尊。祖国富强，人民光彩；祖国落后，我们脸面也无光。祖国的兴衰与个人的荣辱有着密切的联系。当然，我并不是说一个人不可以对国家当局进行批评指点，我说的是另一层意思。祖国是母亲，哪有儿子嫌母丑的，当然更没有骂亲娘的。在我们国家，谁要是打骂爹娘，不管他是什么人，也不管他有多大的权力，他都会遭到舆论的谴责，他会被孤立，被耻笑，最后变成臭狗屎。这是任谁也无法改变的道德意识。而我们中华民族之所以称得上优秀民族，这也是一个重要特征。

导师的一席话，深深地感染了钱学森，这对他以后学习和做人方面有着很大的影响。

那几天，钱学森的父亲钱均夫也在为儿子出国的事情忙碌着。

钱均夫是一位非常有责任心的父亲，在钱学森幼年的知识启蒙里，是父亲首先向他开启了人生与智慧之窗。

钱学森后来常说：

我的父亲就是我的第一任老师。

那段时间里，钱均夫时刻不忘提醒儿子，在国外攻读专业之余，还要多读一些有关中国传统文化的书。为此，他还特意为儿子买了《老子》《庄子》《墨子》《孟子》《论语》《纲鉴易知录》等一类典籍。

他告诉儿子说：

熟读这些书籍，可以对祖国传统的哲学思

想摸到一些头绪。

钱均夫还意味深长地说：

　　任何一个民族的特性和人生观都具体体现
在他的历史中。因此，精读史学的人往往是对
祖国感情最深厚、最忠诚于祖国的人。

1935 年的 8 月，钱学森依依不舍地告别了母亲，在父亲的陪伴下，来到了上海黄浦江码头，登上了"杰克逊总统号"美国油轮。

轮船的汽笛长鸣了一声，钱均夫依依不舍地走出船舱，钱学森紧随父亲走向船舷。

钱均夫两眼含泪地望着儿子，他心想，这次离别不知什么时候能再见。他故作坚强地拍了拍儿子的肩，转身要走的时候，突然想到了什么，只见他抖动着双手，从衣袋里掏出一张纸条，急促地塞到儿子的手里，说道："这就是父亲送给你的礼物。"

说罢，父亲快步走下舷梯。

钱学森怔怔地望着父亲远去的背影，直到消失在出口处，他这才连忙打开手中的纸条。

只见上面写道：

人，生当有品：如哲、如仁、如义、如智、如忠、如悌、如教！

吾儿此次西行，非其夙志，当青春然而归，灿烂然而返！乃父告之。

读罢，钱学森不禁潸然泪下。在船上，他默默地背诵着父亲的临别教诲，在心里默默地对父亲说：

亲爱的父亲，您的教诲，儿子终生难忘，我不会让您失望的，您老人家尽管放心吧！

自1935年8月，经过近20天的远洋颠簸，钱学森终于来到了美国，进入了在工程学科方面蜚声学术界的美国麻省理工学院航空系，攻读硕士学位。麻省理工学院执美国科技工程教育之牛耳，这里名师云集，学风笃实。

早在出国前夕，钱学森就与同窗好友戴中孚约定好：掌握技术，报效祖国。可见钱学森从走出国门那时起，就心怀祖国，是为了国富民强而非为个人的前途锦绣才去求学的。

正如他自己说的：

我到美国去，心里只有一个目标，就是要把科学技术学到手，而且要证明我们中国人可以赛过美国人，达到科学技术的高峰。这是我的志向，我留学的最终目的。

男子汉行事，说得出做得到。钱学森为了向世人证明一个中国青年的实力，为了达到自己的目标，实现自己的理想，他以超人的毅力努力地学习着。

在麻省理工学院，他勤学精进，学习成绩一直名列前茅。

随着时间一点一点地过去，他对知识的了解也在不断深入。同时，他感到在美国这个科技发达的国家里，要学习的东西简直太多太多了，他虔诚的求知渴望，强烈的民族自尊心，还有那千里之外如一叶孤舟在风雨中飘摇的祖国，都无不在时时刻刻地鞭策着他，使他不能有丝毫懈怠之心。

在古色古香的布里奇市，在宁静幽雅的查尔斯河畔，钱学森从未有闲情逸致驻足欣赏身边的景象，参观游览各种历史古迹。

他利用一切可利用的时间去学习。当然，这样的牺牲一定会得到回报的，他在那里仅用了一年的时间，就以优异的成绩获得了硕士学位。

在麻省理工学院，钱学森通过学习所掌握的知识，为他日后成为世界级科学大师奠定了深厚的基础。

但是，事情并不都是一帆风顺的，学工程要到工厂去实践，可当时美国航空工厂歧视中国人。因此，一年后他开始转向航空工程理论，即应用力学的学习。

1936年10月，他转学到加州理工学院。钱学森是慕名而来的，因为，坐落在洛杉矶市郊帕萨迪纳的加州理工学院航空系，有一位大名鼎鼎的空气动力学教授冯·卡门。

可后来的事，钱学森可能都没想到，自己能成为冯·卡门教授的学生，并且成为其中的佼佼者，提升他为冯·卡门最得力的助手。

冯·卡门是匈牙利籍犹太人，毕业于布达佩斯皇家工业大学，1934年移居美国，在加州理工学院主持组建了世界上第一个航空系。

他是一个坦诚直率、性格开朗而又十分谦逊的长者，也是美国航天科学的创始者之一。

20世纪30年代初，航空科学还处于襁褓之中。冯·卡门当时是这一领域的顶尖人物，后来被誉为"超音速飞行之父"。1970年，月亮上的某一陨石坑被冠以他的名字。

慕名而来的钱学森站到了冯·卡门面前，谦恭地自我介绍："您好，尊敬的先生，我是从麻省理工学院来的。我想由航空工程转学航空理论，也就是力学，您能告诉我，我做这样的选择合适吗？"

冯·卡门听完这个年轻人的诉说，禁不住露出了赞许的目光。在他看来，一个从事技术工程的年轻学者不满足已有的专业知识，感悟到理论的重要性，这是一种远大志向的表现啊！

冯·卡门抬头仔细打量着这位仪表庄重、个子不高的年轻人，为了了解他的专业功底，他提出几个问题让钱学森回答，钱学森稍加思索便准确地回答了他的所有提问。

冯·卡门暗自赞许：这个中国人真是不简单啊，他不仅思维敏捷，而且头脑异常聪慧。于是，他很高兴地收下了这位学生。

钱学森成为冯·卡门领导的古根罕姆航空实验室的一名研究生。这个实验室后来成为美国火箭技术的摇篮，钱学森是这里最早进行火箭技术研究的 3 名成员之一。

学习和研究工作是非常紧张的，钱学森每天工作 10 多个小时，其中，一半时间用来看书，一半时间用来讨论，晚上继续苦战。

3 年后，他以优异的成绩获得博士学位并留校任教，成为冯·卡门的得力助手。

这期间，他不仅掌握了空气动力学的基本知识，而且已经站到了这门科学的最前沿。

1938 年冬，第二次世界大战爆发。

鉴于钱学森研究工作的出色成绩和美国战时军事科学研究的需要，他得以参加机密性工作。

1944 年，美国军方委托冯·卡门教授为首，马林纳为副，大力研究远程火箭。

钱学森负责理论组，他把林家翘、钱伟长也请了来，进行弹道分析、燃烧室热传导、燃烧理论研究等工作。

林家翘是 1941 年从加拿大来到美国的一位庚子赔款的留学生，同年来的还有郭永怀与傅承义。1942 年又来了钱伟长。钱学森和他们相处得非常融洽，常常一起吃晚饭，并讨论各种问题。

与此同时，钱学森还担任了航空喷气公司的技术顾问。1945 年初，他被美国空军聘为科学咨询团团员，成为当时有名望的优秀科学家。

冯·卡门十分赏识钱学森的才华，在他身上倾注了很大的心血。

冯·卡门这样评价钱学森：

> 他在许多数学问题上和我一起工作。我发现他非常富有想象力，他具有天赋的数学才智，能成功地把他与准确洞察自然现象中心物理图像的非凡能力结合在一起。作为一个青年学生，他帮我提炼了我自己的某些思想，使一些很艰深的命题变得豁然开朗。

所以在 1945 年初，他被空军聘为科学咨询团团长的时候，提名钱学森为团员。

1945 年 5 月，第二次世界大战结束的前夕，钱学森随科学咨询团去欧洲，考察英、德、法等国的航空研究，特别是法西斯德国的火箭技术发展情况。

回美国以后，钱学森向空军领导人做了精彩的考察报告，得到了空军司令亨利·阿诺德上将的通令嘉奖。

不久，钱学森在冯·卡门的领导下，参与了为美国空军提供火箭远景发展规划的制定工作。

美国专栏作家密尔顿·维奥斯特对钱学森在第二次世界大战期间的作用做了这样的论述：

在第二次世界大战期间，在钱学森的帮助下，使大大落后于德国的非常原始的美国火箭事业过渡到相当成熟的阶段。

他对建造美国第一批导弹起过关键性的作用。他穿上了军装随同盟国军队进入德国去研究由希特勒的工程师们设计的可怕的空袭武器。

4 年以后，他就成为制定使美国空军从螺旋桨式飞机向喷气机过渡，并最后向遨游太空的无人航天器过渡的长远规划的关键人物。

钱学森的贡献的价值，一次又一次地得到美国官方的赞扬和确认。钱学森是帮助美国成为世界第一流军事强国的科学家的银河中的一颗明亮的星。

1946 年暑期，冯·卡门教授因与加州理工学院当局有分歧而辞职，作为冯·卡门的学生钱学森也离开加州理工学院，再到麻省理工学院任副教授，专教空气动力学专业的研究生。

1947 年，36 的岁钱学森进入了麻省理工学院年轻的正教授行列。同年 7 月，钱学森向麻省理工学院请假，回国探亲。

这是他来到美国第 12 个年头后第一次回国。

当时飞越太平洋的航线刚开辟不久，钱学森从美国乘飞机直接抵达上海。在龙华机场，他的好朋友范绪箕，（曾经任上海交通大学校长）专程从杭州赶来迎接他。

旧友重逢，彼此都有诉说不完的话语。忆往昔，看今朝，那场景着实让人感动。

晚间，钱学森与久别的父亲睡在同一张床上。他听着父亲向他叙述母亲去世时的情形，眼泪止不住地往下流。

钱学森这次回国，在上海与女友蒋英结婚。

蒋英是我国现代著名军事战略家、军事教育家蒋百里的三女儿，是留学德国的女高音歌唱家。蒋百里早年在杭州求是书院读书时，与钱学森的父亲钱均夫是同窗好友，钱学森与蒋英青梅竹马。这一年，钱学森已经 36

岁了，蒋英也已 27 岁，为各自心中的理想和追求，他们始终没有时间结婚，今天终算喜结连理，完成了父辈们的心愿。

结婚后，钱学森面临着去留问题。他本打算不再回美国去了，但回国后的所见所闻，真是令他伤心极了。

黑暗、混乱、丑恶和悲凉的景象就像一盆冷水，浇灭了归来游子火热的心。他在心里无数次地问自己，这就是他长大的地方吗？祖国怎么变成这副模样了？

官僚腐败，物价飞涨。一边是达官贵人巨贾富商的灯红酒绿，穷奢极欲；一边是穷苦人民的无衣蔽体，饿殍满地。罢工、罢市、罢教、罢课；反内战反饥饿反暴行；游行示威不绝于市；特务军警密布，如临大敌；豺狼当道，危机四伏。

徒有一腔热血却终报国无门！钱学森夫妇只得又双双去了美国。

1948 年，钱学森被推选为全美中国工程师学会的会长。他在大学里担负着教授空气动力学、弹性力学等课程，负责主持对新的推进技术的研究。

繁重的教学工作和社会工作并未削弱他将核能技术引入火箭发动机的雄心壮志，他以非凡的意志与智慧敲开了未知世界的坚硬外壳，完成了《关于火箭核能发动机》的论文，这是世界上第一篇关于核火箭的出色论文。

这篇论文首次将核能技术引入了火箭发动机，在数十年后仍被公认是经典著作的论文，震惊了美国的科技泰斗们。他将人们带入一个无法想象的新天地，重新唤起了人类开拓宇宙间的火一样的热情。

此时的钱学森才刚满38岁，就已被世界公认为力学和应用数学界的权威和流体力学研究的开路人之一。

同时，他还被公认为卓越的空气动力学家，现代航空科学与火箭技术的先驱和创造人。

钱学森在这次回国之行中，虽然看到了很多令人沮丧的现实，但同时，他也在同学亲友中获悉了许多令人鼓舞的消息：解放战争已发生了战略性转折，蒋介石政权已摇摇欲坠，共产党的胜利已指日可待。

从这些消息中，他仿佛已看到了民族的光明前途，坚信自己总有实现报国之志的一天。

回到美国之后，夫妇俩更加关注祖国传来的每一条信息。

1948年，解放战争取得了决定性的胜利。

1949年5月20日，钱学森收到了由他人转来的曹日昌教授5月14日写给他的信。

作为中共党员的曹日昌在信中告诉他，中华人民共和国即将诞生，并希望他尽快返回祖国，为新中国服务，领导新中国的航空工业建设。

1949年10月1日，中华人民共和国成立，毛泽东向全世界庄严宣告：中国人民站起来了！当第一面五星红旗飘扬在天安门广场上空，华夏儿女齐声欢呼，强烈的自豪感荡气回肠，热切的雷鸣声在中国的土地上长久地回旋。

这是何等的喜悦，何等的骄傲！人民的欢呼声响彻云霄，敲打着大洋彼岸游子的心。

振奋人心的消息使钱学森内心激动得难以平静，他向10多位中国留学生通报了新中国诞生的消息，商讨尽快回国的办法。

实际上，钱学森一回美国就做着随时回国的准备。从麻省理工回到加州理工任喷气技术教授后，他埋头研究工作，很少接待来客，很少积攒钱财，连人寿保险都没有办。

虽然归心似箭，但现实情况却使他不敢贸然行动。他深知自己为美国军界服务多年，较深地介入了军事技术工作，美国军方绝不会让他轻易离去。

过了5天就是我国民族的传统节日——中秋节。这是新中国成立后的第一个中秋节。

这天钱学森去"华人街"选购了中国月饼，与几十位中国留学生围坐在一个大圆桌旁，共度祖国的传统佳节。

他们边赏月边倾诉情怀，深为祖国的新生而欢欣，并对祖国的美好前景充满着憧憬。

钱学森拿起一块月饼，激动地说：

新中国已经成立6天了……新生的人民共和国急需科学技术，急需建设人才，我们施展才华报效祖国的时候到来了。

海外赤子们的眼睛湿润了……

就在此时，钱学森心中萌发起一个强烈的愿望：早日回归祖国，用自己的专长为国家建设服务。

钱学森踏过罗湖桥

1955 年 10 月 8 日这天，秋高气爽，风轻云淡，钱学森一家经历了 22 天的海上航行，终于和同船航行的李整武一家以及其他中国留学生，怀着激动的心情，踏上了罗湖桥。

广州至深圳铁路的东端，有一条沿山脚弯曲而驰名中外的深圳河，宽不过 50 米，水深不足 5 米，河上静静地卧着一座秀丽庄严的钢铁桥梁，这就是罗湖桥。

在灾难深重的旧中国，罗湖桥成了西方列强侵略我国的通道。桥的两端都有粗大的铁栅栏门，并由戒备森严的武装人员把守。

桥的这一端，虽然是中国的土地，但却属于英国的管辖区域，只见此时有几个拿枪的英国士兵来回巡逻。为首的一个长官，翻着白眼，极不耐烦地验完他们的证件后，命令把守桥头铁栅栏门的士兵将铁门打开，然后做了一个放行手势，放他们过桥。

钱学森目睹了这个场景，心里十分难受，面对这片由于鸦片战争而丧失的国土，他的心在滴血。他想到，旧中国就是从这块地方开始沦为半殖民地的。如今，新中国已经诞生，可是，殖民武装依然在这块土地上耀武扬威。一种酸楚感涌上心头。

于是，钱学森牵着儿子永刚的手，妻子拉着永真，加快脚步向铁桥的这一端走来……

罗湖桥的这一端，由国务院、中国科学院派来的代表朱兆祥等人，早已在这里等候多时。

朱兆祥不时地看一眼手中的一张钱学森全家合影照片，这是他专程到上海从钱均夫老先生那里找来的。

过来了一群人，朱兆祥急忙看了看照片，认准了走过来的是钱学森，只见钱学森一家走在了人群的前头，那一张张挂着眼泪的笑脸向着朱兆祥走来了。

朱兆祥急忙上前去同他热烈握手，并作了自我介绍。

钱学森两眼含泪，激动地久久说不出话来。

他历经了那么多艰险，终于踏上了祖国的大地，见到了祖国的第一位亲人啊！祖国的空气是那么的清新，亲人的手是那么的温暖啊！

朱兆祥将钱学森一行迎进了深圳火车站事先准备好的接待室休息。

待大家坐定后，朱兆祥将中国科学院副院长吴有训及秘书长钱三强的信，分别送到钱学森和李整武的手中。

钱学森眼含泪水，读完祖国亲人写给他们的信以后，抑制不住内心的激动，走到李整武及其夫人孙湘面前，两手抱拳说道：

整武兄，孙湘女士，我们终于回到祖国的怀抱了，恭喜啊！

李整武夫妇连忙站起身来，也抱着拳冲着钱学森和在座的各位，大声说道：

学森兄，我们同喜！我们大家同喜！

在这一刻，休息室中所有同船归国的海外游子都纷纷站立起来，他们互相道喜、握手、拥抱。每个人都泪流满面，每个人都笑逐颜开。

欢声笑语，使这冷清的车站顿时热闹起来。

待大家稍为平静之后，热情的孙湘女士突然想起了什么，她把怀中的婴儿交给丈夫，从手提包中取出一份报纸送给朱兆祥，只见报纸第一版用特大字号刊出两行通栏标题：

世界一流火箭专家钱学森
今日起程返回红色中国

朱兆祥看了这篇报道，更加意识到在当时中美强烈敌对的形势下，钱学森他们此次回国的行程，该是包含了多么重大的意义啊！

稍事休息后，接下来是紧张的办理入境手续。查验证件，兑换外币，填写入关登记卡，一项接一项。

但令人感到惊讶的是，钱学森这位终身教授，这位

回到祖国

闻名世界的"火箭专家"，也要和其他留学生一样填写一张"归国留学生登记表"。

在"专长"一栏中，钱学森认真地填写道：

空气动力学、自动控制学、弹性力学、流变学。

在广东省人民政府的特别指示下，中国海关决定对钱学森一行的几十件行李免检放行。

当这些行李从九龙邮车向开往广州的邮车转移时，钱学森指着那几个大木箱说："看看，这就是当年被美国政府无理扣压并诬陷为'窃运军事机密'的箱子。美国当局归还后，我原封不动地放在家中，随时准备启运。如今，这些板条箱子终于运进了祖国的大门。"

在深圳站稍做停留之后，钱学森等人便在朱兆祥等人的陪同下，登上了北去的列车。

十月的南国，依旧郁郁葱葱，一片生机盎然的景象。展现在钱学森眼前的南国风光，青山碧水，绿叶红花，生机勃勃。

看到祖国蒸蒸日上的新面貌，他惊喜万分，还不时地与妻子、同海外归来的朋友交口称赞。

他还向儿子永刚指着窗外的新建筑、新工程讲述着什么。活泼可爱的永真和朱兆祥用英语交谈着，他们很快有了共同的话题。

永真不断地问朱兆祥；"鸟"用汉语怎么讲；"山"的汉语怎么说；"花"用汉语怎么写；等等。

车厢里的气氛异常欢快，海外游子们无不沉浸在回归祖国的幸福之中。

然而，仔细看去，你会发现迎接钱学森和李整武的朱兆祥，虽然表面上也是欢颜笑语，但却掩饰不住内心的不安与焦虑。

他想到，就在这年的4月10日，印度航空公司"克什米尔公主号"飞机，在婆罗洲上空爆炸，我国数名出席万隆会议的外交人员遇难。这桩空难事件，是美蒋特务一手炮制的企图杀害周恩来的阴谋。这架飞机就是从香港起飞，美蒋特务就是在这里将炸弹装上飞机的。如今，钱学森这位被美国政府怀恨在心、世界瞩目的科学家，取道香港回国，他们怎么会轻易放过他呢？因此，对美蒋的阴谋必须得加以防备。

这时，他的耳边又响起了中国科学院办公厅主任秦力生对他的嘱托：

> 兆祥啊，你要记住，这是陈毅同志交给的任务，无论如何，你要保证钱学森一行安全到达北京。

想到此，朱兆祥不免有些紧张了，他从座位上站了起来，认真地朝着车厢内所有的乘客挨个看了一遍。然后，又下意识地向车厢的一头走去。

朱兆祥当时是中国科协常委，后为中国科学院力学研究所研究员，当年中国科协与中国科学院在一个院子里合署办公。

9月下旬的一天，秦力生找来朱兆祥，表情严肃地说道："中央得到确实消息，由于王炳南大使在日内瓦中美大使谈判中力争，美国政府不得不把扣留了长达5年之久的科学家钱学森放行了。钱学森已于9月17日乘坐'克利夫兰总统号'邮船从美国洛杉矶起程。如果顺利，20天以后可以到达香港。陈毅副总理要科学院派代表去深圳迎接，并把他安全护送到北京。经过研究，认为你是最合适的人选，这重担就交给你了。"

朱兆祥当时非常惊讶，他听到钱学森要归国，他的心里激动万分，这样一位伟大的科学家，一定会给新中国作出巨大的贡献，然而迎接和护送钱学森实在是一个重任，光荣而艰巨啊！

说光荣，因为这是陈毅给的任务，陈毅当时是分管科技工作的中央政治局委员，由陈毅亲自安排钱学森的接待工作，可见其意义非凡，这是领导对自己的信任啊！

说艰巨，是因为钱学森这样一位科学家，他的言行一直为世人所瞩目，加上他与敌视新中国的美国政府有着尖锐斗争。因为有着这样的背景，所以，他的安全问题就变得异常重要。想到此，朱兆祥不免有些担心。

从朱兆祥的表情中，秦力生似乎看出了他的难处，他一面将有关报道钱学森的外文电讯稿交给朱兆祥，一面说道：

"陈毅副总理已经考虑到钱学森一行的安全问题，以他的名义分别给广州、上海两地发出了电报，他们将尽力协助你。"

听到此，朱兆祥这才露出了笑容，但秦力生依然强调地说道：

"你要记住，务必保证钱学森路上的安全。"

十月初，当朱兆祥从上海赶到广州之后，得知这两市都已经按照陈毅的指示做了有关安全工作的部署。广东省政府还指定办公厅主任郑天保协助朱兆祥安排接待工作，并指定广州、深圳两地，尤其是铁路沿线加强安全保卫工作。尽管如此，现在朱兆祥依然不敢稍加放松。他时而坐下来同钱学森等人攀谈，时而站起身来在车厢中走动，到车厢两头查看，唯恐发生什么意外。

10 月 8 日晚，钱学森一行在朱兆祥等人的陪同下到达广州。中国科学院华南植物研究所所长陈焕镛、广东省政府办公厅主任郑天保、中山大学校长许崇清、华南理工学院院长罗明橘、华南医学院副院长等到车站欢迎钱学森一行。

在热情好客的广州，钱学森受到了祖国人民和政府的热情接待。在这短短的几天里，他们游览了广州的名胜古迹，参观了苏联经济及文化建设展览会，广州科技界还为他们举办了一次大型宴会。所到之处，都受到了

023

最高的礼遇和最热烈的欢迎。

钱学森回到祖国后，首先来到广州。神奇的色彩就好像是一夜间就降临到这个世界上。天空是这么蓝，这么广阔，大地是这样清爽，这样动人。走在大街上，只见一座座崭新的高楼拔地而起，愉快的歌声，在学校、在工地、在大街上，远远近近，此起彼伏，一片太平盛世的景象。钱学森感到真的是来到了另一个世界。他时常被这种景象感动得泪流满面，他在心里无数次地呼喊：

啊！祖国，我亲爱的祖国，我回来了！回到你的怀抱里来了！

啊！祖国，你变得这样年轻，这样美丽。我从来没有像现在这样的自由，坎坷与挫折已经成为过去！

紧接着，他们去了上海和杭州，钱学森看望了老父亲和故乡之后，便于 1955 年 10 月 28 日，带领一家人从上海到达北京。

钱学森为了回国历尽艰辛

1955 年 10 月 29 日，钱学森一家到京的第二天下午，周恩来邀请钱学森和其夫人蒋英来到中南海。当车来到周恩来办公室门前时，周恩来快步走出来迎接客人。

一见面，周恩来就紧紧握住了钱学森的手，激动地说："学森同志，你回来真好啊！我们欢迎你，我们的国家太需要你这样的人才了！"

周恩来的几句话，说得钱学森全身瞬间被一股暖流紧紧包围着。

周恩来问道："你遭到了麦卡锡主义的迫害，吃了不少苦头，现在身体怎么样？没有什么大的伤害吧？工作问题你先不急着考虑呢，先去医院检查一次，检查结果我是要亲自过目的。还有蒋英，也要去检查一次。这件事我让秘书给你们安排一下。"

周恩来的热情和深切的关怀再一次让钱学森感到了祖国的温暖，他看着周恩来关切的眼神，一时间竟说不出话来。为了让钱学森能够回国，周恩来可谓费尽心思，这让钱学森一生难忘。

1949 年 12 月 18 日，周恩来通过北京中央人民广播电台，代表党和人民政府郑重地邀请在世界各地的海外游子回国参加建设。这在钱学森等学者心里引发了强烈的感召力量。

法国著名微生物学家巴斯德曾说过："科学是没有国界的，但科学家属于祖国。"

在学成之后，钱学森没有忘记他临行前立下的誓言，在新中国成立后，他便迫不及待地要飞回他朝思暮想、日夜牵挂的祖国。

就在周恩来向世界各地的海外游子发出归国邀请的这天晚上，钱学森更加坐卧不安，他在庭院里踱着步子，打发着自己烦躁的思绪。异域的明月遥挂在窗前，徒增了些许思乡之愁。想到新中国，想到亲人。

这时，钱学森的夫人蒋英走了过来，为他披了件上衣。

钱学森看着夫人，两眼含泪，激动地说："新中国成立了，我们是该回去的时候了！"

钱学森久久不能入眠，打开了一张珍藏多年的中国地图，反复地看着。他对妻子说："咱们一定要尽快回到中国去，那里需要我。"

报效祖国的激情与日俱增，钱学森和夫人抑制不住对祖国的思念，他们盼望着与国人携手，共同开创盛世中国。

妻子点了点头，眼角泪光莹莹……

回国的决心已定，只剩早晚的问题了，为了尽快回到祖国，钱学森还制定了一系列回国步骤。

他先申请退出美国空军咨询团，辞去兼任的美国海军炮火研究所顾问的职务，但却迟迟得不到军方的批准。

虽然第一步未能如愿，但钱学森沉住气，密切注视着事态的发展。

1950年朝鲜战争爆发，美国国内用法西斯手段迫害民主进步人士的麦卡锡主义横行，作为加州理工学院喷气推进实验室负责人的钱学森与其他中国人一样受到了联邦调查局的监视和查问。

后来，他们要钱学森揭发实验室里一位化学研究员是共产党，遭到钱学森的严词拒绝。调查官员记恨在心，要给持"不合作态度"的钱学森"一点儿颜色"，便指控他10多年前曾参加过"美共第122地方支部聚会"的所谓事实，吊销了他参加机密研究的证书，剥夺了他继续进行喷气技术研究的资格。

这种随意加在钱学森身上的罪名，令他非常气愤，他在气愤之余冷静地想到，这不正是自己正式向当局提出回国要求的有利时机吗？

1950年8月22日这天，钱学森前往华盛顿，来到五角大楼丹尼·金布尔的办公室。金布尔作为海军次长，对钱学森在喷气中心承担的研究计划负责。

钱学森将目前的状况告诉金布尔后，声明说："次长先生，有鉴于此，我已经准备动身回国了！"

金布尔十分赏识钱学森的才华，对他十分器重并优待有加，认为像钱学森这样的人才只有美国才有用武之地，也只有在美国才能向他提供优越的科研条件和丰厚的物质报酬。

当然，正是金布尔将钱学森的辞呈压了这么久，他也想到过钱学森可能准备回国，但万万没有想到钱学森会走得这样快。因此，当钱学森来到他面前时，他不禁愣住了。

听到钱学森亲口说要回国，金布尔大吃一惊，对钱学森说："钱先生，我很敬重你，也很欣赏你的才华，我不认为你是共产党员，我从不认为你有什么地方对政治有兴趣。你不能离开美国，你对我们来说简直太有价值了！我认为你应该留在加州理工学院！你放心吧，有什么困难就跟我说。"

"次长先生，你很清楚，我受到了麦卡锡主义的无理迫害，他们吊销了我参与机密研究工作的证书，联邦调查局还把我当'间谍'嫌疑调查，我已经无法在美国继续工作了，我准备马上回祖国去！"钱学森激动地说道。

但钱学森哪里知道，他的辞行竟然大大激怒了这位上司。

待钱学森离开后，金布尔一个人坐在那里，思考了很多。他完全懂得钱学森的价值，出于对共产党的敌对情绪，他绝不愿意让这位稀世之才为共产党中国所用。

金布尔见钱学森主意已决，知道再怎么说服也没有希望了，便给司法部打电话，气急败坏地说："钱学森知道得太多了，他知道所有美国导弹工程的核心机密，一个钱学森抵得上5个海军陆战师。"金布尔还叫嚷道：

"我宁可把这个家伙枪毙了，也不能放他回红色中国去！"

司法部得到金布尔的通知之后，立即转令移民局，叫他们经常监视钱学森，以防他突然飞离美国。

于是，移民局便安排对钱学森进行跟踪，并限制他的行动。

1950 年 8 月 23 日午夜，钱学森夫妇从华盛顿回到洛杉矶，他们缓缓地步下舷梯，准备回家好好休息。因为他们已办好了回国的一切手续，托运了行李，向亲朋好友作了告别，还拿到两张加拿大航班的机票。

他们此时的心情犹如将出囚笼的小鸟，舒心而宽慰。

正在这时，移民局总稽查朱尔拦住钱学森，向他宣布了由司法部驻移民局的执行法官兰敦签署的命令：

不准钱学森离开美国。

钱学森气得脸色苍白。全家的行李已经装上美国"威尔逊总统号"轮船，办好了一切托运手续，8 月 29 日就要从洛杉矶运往香港了。

钱学森据理力争：海外侨民回归自己的故土，乃天经地义，美国还是一个自称为自由与人权的国度，居然阻挠这种正义之举，岂有此理！

朱尔根本就不听他的说辞，从黑皮包里取出一份文件，冷冰冰地递给钱学森。

钱学森被突如其来的文件弄蒙了，只见文件上写着：

　　凡是在美国受过像火箭、原子弹以及武器设计这一类教育的中国人，均不得离开美国。因为他们的才能会被利用来反对在朝鲜的联合国武装部队。

这就意味着钱学森不能回国！

　　钱学森夫妇气愤地回到了加州理工学院，得知美国海关已非法扣留了他的全部行李，更是忧心忡忡，行李中有他的800多公斤重的书籍和笔记本。

　　其实，在打包之前，钱学森已将行礼交给他们检查过了。美国检察官再次审查了他的所有材料。

　　当一大批联邦调查人员涌到洛杉矶港口的仓库里，打开板条箱发现这些书籍时，便你一句我一句地乱加断言："里面一定藏有机密材料。这个狡猾的中国人的全部活动证明他是共产党的间谍。"

　　更加荒谬的是，海关竟制造了这个"现场"，马上召开新闻发布会宣布这一"新闻事实"。

　　于是，美国新闻界闹哄哄地推出一条耸人听闻的消息："一名共产党间谍企图携带机密文件离开美国。"

　　美国政府宣布，他们的稽查人员查获有密码的书籍、照片、草图、负片的底片、记录以及大批有关火箭研究的技术资料。

　　钱学森冷眼观察着这场闹剧。他心里明白，所有他认为应该归档而未曾过时的材料，都锁在实验室的柜子里，柜子的钥匙他已交给了实验室负责人、加州理工学院原院长罗伯特·密利根之子克拉克·密利根博士。而那些所谓的"准备运离美国的资料""证据"，只不过是他平时收集的教科书、课堂笔记本和一些科技杂志的复制件，其中有许多是自己写的学术研究文章。

8月25日，美联社报道了加州理工学院老院长罗伯特·密利根的谈话："钱学森教授在该院的工作是纯理论性的，与秘密研究无关。"

后来《纽约时报》说："这些行李里的印刷品，经联邦调查人员检查后，并无列入秘密的文件。"联邦调查局认为是"密码"的文件，原来是一本数学对数表。

8月25日，就在金布尔给美国司法部打过电话之后的第四天，美国司法部长就签署了逮捕钱学森的命令，但又没有马上执行。

更为矛盾的是，对于当局想尽办法要留在美国的这个人，逮捕令却要求把他从美国驱逐出去。

联邦调查局监视着钱学森的一举一动，还搜查了他的工作室和家。

9月6日，移民局总稽查朱尔和稽查凯尔带着手枪和手铐，敲开了钱学森家的门，以"企图运输秘密的科学文件回国"为由，非法逮捕了钱学森。

他们把钱学森推进警车，驶到移民局总部，先把他关在四楼的单人牢房里。

后来，他们把钱学森关押在特米那岛上的一个拘留所。开始几天不准他接见任何人，也不准他与任何人联系。

钱学森在监管期间忍受着种种变相的刑罚。他们不许他和任何人谈话，每天晚上每隔 10 分钟就跑来开一次电灯，看他在做什么，使钱学森不能休息。

钱学森不屈于美国当局的淫威，傲视着他们的无耻伎俩和卑劣行径。

美国当局对钱学森的迫害，激起了许多美国朋友的愤怒和留美中国人的强烈抗议。

加州理工学院主席杜布里奇在钱学森被关押期间，致信海军次长金布尔，要求释放钱学森。

金布尔接到杜布里奇的信之后，由华盛顿来到洛杉矶会见了钱学森的辩护律师，即加州理工学院的法律顾问库珀。

库珀建议释放钱学森，在去拘留所与钱学森谈了几次话之后，建议由军队和政府的双方代表主持，举行一次非正式的初步会商，以"确定事实真相"。

参加这次会商的官员共有 8 位：两位是陆军军火部的高级官员，一位是海军洛杉矶情报局的官员，一位助理检察官，两位海关官员和两位移民局的代表。

库珀希望通过这次会商，让检察处明白事实真相，以便将钱学森先行保释。

会商主要由库珀对钱学森进行了一连串巨细无遗的盘问：从钱学森初到美国麻省理工学院就读问起，如何与马利纳认识，如何开始研究导弹，以及如何结识威恩鲍姆，平常往来如何，一直问到钱学森1947年回中国大陆，再经檀香山返美……经过这次会商之后，司法部要求钱学森必须缴纳1.5万美元的保释金方可保释。

9月22日，冯·卡门及加州理工学院许多师生向移民局提出了强烈抗议，师生集体捐献1.5万美元保释金。

加州理工学院主席杜布里奇亲赴华盛顿去说服司法部部长，要求释放钱学森。

在众人奔走呼号、多方营救的情况下，美国当局开始感觉到压力。终于，在关押半个月后，钱学森得以获释。在此期间，钱学森身心受到严重摧残，体重下降了整整13.5公斤。

震惊旅美华人的"钱学森事件"，使留美中国学生看清了美国当局的险恶用心，纷纷决定提前回国。

从拘留所回家的钱学森被继续监管，不准远行，住宅随时被搜查，以埃德加·胡佛为首的美国联邦调查局的特务人员在监视钱学森时，经常闯进他的办公室和住宅。

钱学森的信件和电话经常受到严密的检查。他的一些朋友或同事们因为给他去了一次电话，便受到联邦调查局无休止的盘问。

即使这样，钱学森回归祖国的决心依然坚如磐石。

在以后的整整 5 年内，钱学森为了减少朋友们的麻烦，深居简出，使自己经常处在和朋友们隔绝的境地。

但是，这种变相软禁的生活并没有磨掉钱学森夫妇返回祖国的意志。

他的夫人蒋英后来回忆说："那几年，我们总是摆好 3 只轻便的小箱子，天天准备随时搭飞机动身回国。"

为了方便回国，他们租住的房子都只签订 1 年合同。5 年中他们竟搬了 5 次家。那时候，他们的两个孩子也都知道，离美国远远的地方有一个国家叫中国，那里才是他们的祖国，那里还有他们的祖父和外祖母在想念着他们。

面对强大的国家机器，个人无法与之抗衡，要想早日回归祖国，必须想一个"金蝉脱壳"之计。

钱学森思前想后，决定"以子之矛，攻子之盾"，来个"曲线回国"。

他迅速化解了屈辱和悲愤，努力安下心来，开始著书立说。

当时，美国政府阻止他离开美国，是因为他研究的火箭技术与祖国的国防建设有关，想通过滞留他来阻拦新中国科学技术的发展。

于是，他另行选择"工程控制论"新专业进行研究，以利于消除回国的障碍。经过努力，他于 1954 年用英文写出 30 多万字的《工程控制论》。

实际上，工程控制论与生产自动化、电子计算机的研制和运用以及国防建设都密切相关，只不过当时美国当局没有认识到这点就是了。

1954 年秋，钱学森精心撰写的《工程控制论》出版了，这是他观察第二次世界大战后开始迅速发展起来的控制与制导工程技术，继而对设计稳定与制导系统相关的工程技术实践进行潜心研究，发现并提炼了制导控制与制导系统设计的普遍性概念、原理与方法。这是继美国科学家诺伯持·维纳发表的《控制论》之后，对控制论的进一步发展，也标志着新兴的工程控制论学科的诞生与创立，为当代科学技术和社会发展作出了卓越的贡献。

钱学森将自己这本用 5 年时间写成《工程控制论》和一本讲义送给老师，作为最后的答卷和纪念。

冯·卡门看了看这本书的内容，对这本书作了高度的评价，并说："学森啊，我为你骄傲！你现在在学术上已经超过了我。"

钱学森在美国受迫害的消息很快地传回了新中国。此时，新中国震惊了！国内科技界的朋友通过各种途径声援钱学森。

党中央对钱学森在美国的处境极为关心，中国政府公开发表声明，谴责美国政府在违背本人意愿的情况下监禁了钱学森。

在钱学森被监管的这 5 年里，中国政府和人民从未停止过对他的救援行动，在他的回国问题上，中国一直与美国进行着谈判协商。

当钱学森要求回国被美国无理阻拦时，中国也扣留着一批美国人，其中有违反中国法律而被中国政府依法拘禁的美国侨民，也有侵犯中国领空而被中国政府拘禁的美国军事人员。

美国政府急于要回这些被我国扣押的美国人，但又不愿意与中国直接接触。

1954年4月，美、英、中、苏、法五国在日内瓦召开讨论解决朝鲜问题和恢复印度支那和平问题的国际会议。

出席会议的中国代表团团长周恩来想到中国有一批留学生和科学家被扣留在美国，于是就指示说，美国人既然请英国外交官与我们疏通关系，我们就应该抓住这个机会，开辟新的接触渠道。

中国代表团秘书长王炳南于6月5日开始与美国代表、副国务卿约翰逊就两国侨民问题进行初步商谈。

美方向中方提交了一份美国在华侨民和被中国拘禁的一些美国军事人员名单，要求中国给他们以回国的机会。

为了表示中国的诚意，周恩来指示王炳南在6月15日举行的中美第三次会谈中，大度地作出让步，同时也要求美国停止扣留钱学森等中国留美人员。

然而，中方的正当要求被美方无理拒绝。7月21日，日内瓦会议闭幕。为不使沟通渠道中断，周恩来指示王炳南与美方商定自 7 月 22 日起，在日内瓦进行领事级会谈。

为了进一步表示中国对中美会谈的诚意，中国释放了 4 个被扣押的美国飞行员。

1955 年 7 月 25 日，我外交部成立了一个中美会谈指导小组，由周恩来直接领导。

8 月 1 日，中美会谈由领事级升格为大使级。

中国做出的高姿态的目的是为了争取钱学森等留美科学家尽快回国。可是在这个关键问题上，美国人要赖了。

尽管中美双方接触了 10 多次，美国代表约翰逊还是以中国拿不出钱学森要回国的真实理由为由，一点儿不松口。

问题得不到解决，双方就这样僵持着。有国不能回的痛苦折磨着钱学森，事情究竟什么时候能有个了结呢?

为了钱学森先生的事情，周恩来努力地想着对策。正当大家束手无策时，时任全国人大常委会副委员长的陈叔通收到了一封从大洋彼岸辗转寄来的信。

周恩来拆开一看，署名"钱学森"。他禁不住心头一震，迅速地读完了这封信。

信的内容原来是钱学森请求祖国政府帮助他回国。

1955 年 6 月 15 日，钱学森和夫人蒋英到一家餐馆去用餐。他们按照事先商量好的计划，钱学森缠住联邦调查局人员，蒋英借口上洗手间，给在比利时的妹妹寄了一封信，请她把信转寄给全国人大常委会副委员长陈叔通。

陈叔通是钱学森和蒋英的杭州同乡，也是他们的父亲钱均夫和蒋百里的老师。

信上写道：

> 被美国政府扣留，今已5年，无一日、一时、一刻不思归国参加伟大的建设高潮。除去学森外，尚有多少同胞，欲归不得者。

对于这样一封非同寻常的海外来信，陈叔通深知他的分量，当天就将信送到周恩来那里。

"这真是太好了，据此完全可以驳倒美国政府的谎言！"周恩来当即作出了周密部署，让外交部火速把信转交给正在日内瓦举行中美大使级会谈的王炳南。

周恩来对王炳南指示道："这封信很有价值。这是一个铁证，美国当局至今仍在阻挠中国平民归国。你要在谈判中，用这封信揭穿他们的谎言。"

8月1日中美大使级会谈一开始，王炳南率先对约翰逊说："大使先生，在我们开始讨论之前，我奉命通知你下述消息：中国政府在7月31日按照中国的法律程序，决定提前释放阿诺维等11名美国飞行员，他们已于7月31日离开北京，估计8月4日即可到达香港。我希望，中国政府所采取的这个措施，能对我们的会谈起到积极的影响。"

可谈到钱学森回国问题时，约翰逊还是老调重弹："没有证据表明钱学森要归国，美国政府不能强迫命令！"

于是，王炳南便亮出了钱学森给陈叔通的信件，理直气壮地予以驳斥："既然美国政府早在 1955 年 4 月间就发表公告，允许留美学者来去自由，为什么中国科学家钱学森博士在 6 月间写信给中国政府请求帮助呢？显然，中国学者要求回国依然受到阻挠。"

铁证如山，白纸黑字岂容他一人说了算，在事实面前，约翰逊哑口无言。

美国政府不得不批准钱学森回国的要求。

1955 年 8 月 4 日，钱学森收到了美国移民局允许他回国的通知。

1955 年 9 月 17 日，钱学森梦寐以求的回国愿望得以实现了！

这一天，在全家向导师冯·卡门及挚友告别之后，钱学森携带妻子蒋英和一双幼小的儿女，终于登上了"克利夫兰总统号"轮船，踏上返回祖国的旅途。

从 1935 年到 1955 年，钱学森在美国整整居住了 20 年。这期间，他在学术上取得了辉煌的成就，生活上享有丰厚的待遇，工作上拥有便利的条件。

然而，他始终眷恋着生他养他的祖国。他在写给父亲的信中，不止一次地发出"旅客生涯做到何时"的感叹。

往事历历在目，转眼离开祖国已有 20 年了，如今自己学业有成，钱学森回归故里的希望欲加强烈。

他准备在新中国的空气里，释放出自己所有的能量，把无限的热情投寄给我们伟大的祖国！怀着一颗憧憬而热切的心，他期待着，期待着⋯⋯

钱学森回国的道路真是充满了艰辛与坎坷。现在，他终于冲破重重阻碍，回到魂牵梦绕的祖国北京，并且，就站在周恩来面前了！

中科院举行欢迎宴会

1955 年 10 月 28 日，中国科学院院长郭沫若举行了盛大的欢迎宴会，隆重款待在国际上享有盛誉又饱经磨难的杰出科学家钱学森。副院长张劲夫、吴有训作陪。

席间，吴有训向钱学森正式交代了由钱学森牵头组建中国科学院力学研究所的决定。

钱学森欣喜地接受了这个任务。

党和国家领导人给予钱学森以格外的重视和厚爱，为此，敏感的海外报纸一开始便进行追踪报道。

钱学森到达北京的当天，美国一家报纸便用通栏标题，发出了一则新闻，标题是《钱学森到达北京中共派出盛大欢迎队伍》。

文中写道：

> 当钱学森博士走出北京前门火车站时，中共派出的一队由科学家组成的庞大代表团欢迎他。

> 代表团中有几位他相当熟悉，其中一位年轻的科学家他很熟，那就是在美国念书时的钱伟长。

> 钱伟长在加州理工学院念书时与钱学森一

同从师于冯·卡门教授，也是一位火箭专家。

这个代表团的团长，就是比钱学森更早到达美国，并获得博士学位的华罗庚，他是国际驰名的数学家。

对于这样高规格的欢迎和接待，钱学森也感到出乎意料。

他心中充满感激，同时也有深深的歉疚。是的，他还没有为祖国效力，尚未建树寸功啊！

北京，是钱学森少年时代居住的地方，是他的第二故乡。

古都数不尽的风景名胜，在他眼里是那么的熟悉与亲切；这里的街道小巷，都曾留下过他的足迹。

20 年后，他又回到这里，回到这新中国的政治与文化的中心，他倍感温暖。

开始，钱学森一家人被安排住在位于长安街的北京饭店。这里是当时北京最好的宾馆。

这家宾馆周围的环境非常优美。清晨起来，一家人站在临街的阳台上，向西可以看到金光灿灿的天安门城楼，再向西眺望，晨霭中，显露出连绵起伏的西山群峰，守卫在北京的西北部，是一条苍翠的自然屏障。

向南望去，可以望见高耸的正阳门和崇文门城楼，还有远处天坛祈年殿的蓝色圆顶。一双儿女被北京的风光迷住了，他们兴奋地高呼：

爸爸妈妈，北京太美了！

爸爸妈妈，北京太可爱了！

开国之初的北京，虽是百废待兴，但已是万紫千红、一片生机勃勃的局面。钱学森所到之处，新气象扑面而来。

人们精神振奋，干劲十足，合理化建议层出不穷，技术革新硕果累累。工人和知识分子当家做主人所焕发出的积极性和创造性，变成了强大的生产力。

许多新老朋友来北京饭店与钱学森叙旧谈心，带给他的是激励和鼓舞。

两天后，他迫不及待地同妻子、儿女步行来到了他仰慕已久，被世人称之为中国心脏的地方——天安门广场。

站在天安门广场，望着那高高飘扬的五星红旗，望着那巍峨的天安门城楼，他仿佛听到了毛泽东那洪亮的声音：

中华人民共和国中央人民政府成立了！中国人民从此站立起来了！

站在这里，他有一种庄严、神圣的感觉，有一种主人翁的使命感。

1949年，当第一面五星红旗在天安门广场上徐徐升起时，当时任加利福尼亚工学院超音速实验室主任和

"古根罕喷气推进研究中心"负责人的钱学森，深为祖国的新生而高兴。那时他就打算回国，用自己的专长为新中国服务。但那时候在美国的中国科学家归国不易，而钱学森的专长又直接与国防有关，所以他历尽艰辛才终于回到祖国怀抱。他这一曲折的斗争过程，表现了钱学森对祖国的挚爱之情，是非常感人的。

如今站在天安门城楼前，钱学森看到，所有到广场上来的人的神情都是这样的虔诚和神圣，有的人甚至激动得热泪盈眶。

那高高飘动着的五星红旗，似乎就是一种象征：解放了的祖国，在蒸蒸日上；一个繁荣强盛的中国，就要在东方的地平线上高高耸立起来。

二、 担当重任

● 1956 年 2 月，钱学森起草的《关于建立我国国防航空工业的意见书》被放到了周恩来的案头。这份"意见书"提出了我国火箭、导弹事业的组织草案、发展计划和具体研制步骤。

● 1956 年 10 月 8 日，聂荣臻宣布："中国第一个火箭、导弹研究院——国防部第五研究院正式成立！"钱学森被任命为首任院长。

钱学森在东北考察

根据中央领导同志的建议，中国科学院安排钱学森在正式开始力学研究所的工作以前，先到东北地区了进行短时间的考察访问。

中国科学院副院长吴有训告诉钱学森，东北地区拥有许多新建的工业企业，还有中国科学院的一些研究所，到那里走走看看，对于我国工业生产情况的认识，一定会有所帮助。

在今天看来，这次出行，不管是对钱学森，还是对中国的导弹事业都是一次意义深远的旅行。

陪同钱学森去东北考察访问的依然是朱兆祥。在东北，他们参观了一个月的时间。

钱学森从 1955 年 11 月 22 日起程去东北。一路上，他参观了新建的工厂、水电站、大学、研究所。

从新中国成立 6 年来取得的伟大成就中，钱学森亲身感受到了中国共产党领导中国的力量，进一步增强了报国的信念。

他们在东北地区整整参观、访问了一个月的时间。第一站就到了哈尔滨。

原来给钱学森安排的日程并无参观哈尔滨军事工程学院一项。但钱学森本人提出，他有两个朋友在哈尔滨，一个叫庄逢甘，一个叫罗时钧，希望这次能见到他们。

陪同的朱兆祥事先已了解到，罗时钧是钱学森在美国的学生辈，而庄逢甘也属学生辈，现都在中国人民解放军军事工程学院（通称"哈尔滨军事工程学院"，简称"哈军工"）军事工程学院任教。

因为这所军事院校的保密要求很高，所以地方上只有省委委员以上人员才能进入哈军工参观。

陪同钱学森在哈尔滨参观的黑龙江省委统战部部长觉得不大好解决这个难题，未敢把参观该学院列入日程。

第二天一早，在他们出发参观烈士纪念馆前，朱兆祥把钱学森的要求，通过电话报告了黑龙江省委。

当他们参观回到宾馆后，朱兆祥接到了黑龙江省委来的电话，说军事工程学院请示了北京，陈赓院长明确表示欢迎钱学森来访。黑龙江省委要他们把参观该学院列入日程，明天上午就去哈军工。

陈赓为了陪同钱学森到哈军工参观，特意大清早乘专机从北京赶到哈尔滨，他要全程亲自接待钱学森的参观访问。

11月25日上午，钱学森一行来到哈军工，令他们感到惊讶的是，站在学院门口迎接他们的竟是副总参谋长兼哈军工的院长陈赓。

哈军工的首任院长兼政委是陈赓，这位由毛泽东亲自选定的大将性格开朗、思维敏捷、智勇双全。哈军工从成立的那天起，就遵照毛泽东"为了国防现代化"的教导，汇集了许多我国一流的科学家，仅空气动力学方面就有任新民、梁守奖、周曼殊、金家骏、庄逢甘、罗时钧、卢庆骏、李宓等，教学和科研的切入点一开始就很高。

1954年9月，在哈军工正式招生的第二个学年，陈赓随以彭德怀为首的中国军事代表团赴苏联参观原子弹爆炸实兵对抗军事演习。演习结束后，苏联国防部长把一个飞行员投放原子弹的金钥匙送给了中国军事代表团。陈赓看了后说："光给把钥匙，不给原子弹有什么用？"彭德怀接口道："你是军事工程学院院长，可以组织研制嘛！"陈赓把这句话牢牢地记在了心上，并将其作为己任。

其实，钱学森的回国早已引起时任解放军副总参谋长兼中国人民解放军军事工程学院院长陈赓的关注。钱学森从美国回到北京后，陈赓立即向彭德怀建议："军工有懂航空、火箭的专家和教授，也有教学仪器和设备，最好请钱学森去参观一下，听听他对中国研制火箭的意见。"

彭德怀十分赞成陈赓的意见。在得到周恩来的支持和毛泽东的同意后，彭德怀转告陈赓，可以让钱学森到军工参观。然而，正在北京的陈赓还没来得及通过中科院向钱学森发出邀请，学院的请示电话就来了。他立即答复：欢迎钱学森博士来院参观指导。

11月25日8时，小轿车把钱学森送到了他刚刚听说的"军事工程学院"。

车子在"王"字楼门前停下来,钱学森和朱兆祥下了车。一群身着将校服的军官朝他们走过来,为首的是一位中等身材、和颜悦色的首长,他伸出右手,大声说:"欢迎啊,钱先生!我是陈赓!"

钱学森大吃一惊:今天早晨省里负责接待的同志告诉他,陈赓大将是这所学院的院长,一直在北京总参办公,怎么现在突然"从天而降"?

陈赓紧紧地与钱学森握手,又把刘居英、刘有光、徐立行、张衍等院领导介绍给他。

大家走进楼里落座后,刘居英副院长告诉钱学森:"陈院长是今天清晨专程从北京飞回来欢迎您的。"

陈赓军务繁忙,却冒着严寒,不远千里从北京特意赶过来迎接钱学森,这令钱学森深受感动。

陈赓乐呵呵地说:"哎呀,今天我起了一个大早,总算赶回来和钱先生见了面。我们军事工程学院打开大门来欢迎钱学森先生。对于钱先生来说,我们没有什么密要保的。那些严格的保密规定,无非是在美国人面前装蒜,不让他们知道我们的发展水平。"

上午,陈赓、刘居英、徐立行等人陪同钱学森参观学院。钱学森在军工大院看着远处海军工程系、装甲兵工程系和工程兵工程系的教学大楼,又看了看刚刚落成的体育馆,称赞道:"太气派了,这样大的校园在美国也不多见。你们的教学大楼都像是宫殿,表现出我们的民族风格。"

钱学森仰望着更为高大雄伟的空军工程系大楼和炮兵工程系大楼，驻足观赏。当听说如此宏伟的建筑群居然是在一年多的时间建起来的，他兴奋地说："哎呀，太漂亮了，太壮观了！"

在空军工程系，系主任唐铎少将引导大家参观了风洞实验室。钱学森一边看一边激动地说："了不起啊，你们的空气动力学研究已经走在全国的前列，看来中科院要向你们学习呢。"

当见到他的老同学和老朋友马明德、岳劼毅、梁守槃，以及在美国留学时的学生罗时钧、庄逢甘时，钱学森开心极了。他感慨地说："地球真小，我没想到在军事工程学院会见到这些老同学和老朋友。"

下午，陈赓等人陪同钱学森参观炮兵工程系。在火箭实验室里，任新民副主任特地向钱学森介绍了室外固体火箭点火试车的试验，引起钱学森极大的兴趣。

任新民指着一个 10 多米高的铁架子，谦虚地说："不怕钱先生笑话，我们做比冲试验，方法很原始。另外，用火箭弹测曲线也是笨办法上马。"

钱学森认真地说："不容易。你们的研究工作已有相当的深度，尽管条件有限，已经干起来了嘛。迈出这一步，实在出乎我的意料！"

任新民拿出美国空军的一份训练教材，就固体火箭燃料配方问题与钱学森讨论起来。

钱学森离开任新民的实验室时，两人双手紧握。钱学森看着任新民说："我们一见如故。希望不久我们再见面，深入探讨一些问题。"

事后，钱学森对陈赓说："任教授是你们的火箭专家，我今天有幸认识了他！"

陈赓触景生情，想起了1954年9月随彭德怀赴苏联参观原子弹爆炸实兵对抗军事演习这件事，想起了彭总要他组织哈军工的专家研制导弹和原子弹的事。现在钱学森就在眼前，他当然要抓紧时间请教。

陈赓问钱学森："钱先生，你看我们中国人能不能搞导弹？"

钱学森目光炯炯，看着陈赓不假思索地回答："有什么不能的？外国人能造出来的，我们中国人同样能造出来。难道中国人比外国人矮一截不成？"

陈赓闻听，眉峰一扬，不禁开怀大笑。他趋前一步，紧紧握住钱学森的双手说："好！我就要您这句话！"

钱学森晚年回忆说："我回国搞导弹，第一个跟我说这事的是陈赓大将。"

在为国防部第五研究选调技术骨干问题上，陈赓率先表态："义不容辞，全力配合。"

在严寒的哈尔滨，大和旅馆内却温暖如春。11月25日晚，陈赓等为钱学森举办了一个小型宴会。

席间，陈赓三句话不离火箭，向钱学森提出许多更深层次的问题。

钱学森谈到，如果研制射程为 300 至 500 公里的短程火箭，弹体及燃料用两年时间可望解决，关键问题是自动控制技术，恐怕一下子难以突破。他看了看坐在对面的任新民，问道："任教授，是不是这样？"

任新民点了点头。大家的话题都围绕着火箭，谈得很是兴奋。

陈赓说："钱先生的话让我心里有了底，我们一定要搞自己的火箭。我可以表个态，我们军工将全力以赴，要人出人，要物出物，钱先生只要开口，我们义不容辞！"

说到这里，陈赓举起盛满红葡萄酒的高脚杯站起来，大声说："我提议，大家举杯，为欢迎钱先生参观我们学院，为发展我们中国自己的火箭工程事业，干杯！"

一个是身经百战的将军，一个是名扬中外的科学家，此情此景，使他们心中都有一种相见恨晚的感觉。

11 月 26 日一早，陈赓动身飞回北京，刘居英前往机场送行。行前，刘居英向陈赓报告说："前几天，根据您的指示，任新民、周曼殊和金家骏三位教员向国防部写了一封信，提出研制我国火箭的建议，请院长回北京后了解一下国防部的反应。"

陈赓很高兴，飞回北京后立即向彭德怀做了汇报。

彭德怀对陈赓说，哈军工任新民等三位教师于 1955 年 11 月给国防部的建议书他已经看过了，并已批给黄克诚和万毅阅办，还要总参装备计划部部长万毅亲自去征询钱学森的意见。彭德怀还对陈赓说："你代表我去邀请钱教授来国防部，我想和他谈谈。我是老粗出身，得拜人家科学家为师呢！"这期间，钱学森看到了新中国给东北带来的全新面貌，被这里的崭新气象所感动。

钱学森在东北各地参观了一些科学研究所，给他留下了很深刻的印象。

与当年的美国社会相比，旭日初升的新中国使钱学森对祖国的未来充满了希望和信心，而这种希望和信心，化成了一股强大的力量，激励着他尽快投入祖国的科研事业，作出自己应有的贡献。

钱学森在一路的参观访问中，逐渐完成了他对于组建新中国第一个力学研究所和发展力学研究所的构想。陈赓与这位年轻火箭专家短暂的会面，使中国的军事领导人对导弹的认识变得具体、清晰起来。

钱学森起草意见书

1956 年 2 月，钱学森起草的《关于建立我国国防航空工业的意见书》被放到了周恩来的案头。

这份意见书提出了我国火箭、导弹事业的组织草案、发展计划和具体研制步骤。为了保密，把火箭、导弹这些敏感的名词统统用"航空工业"来代表。

在这份意见书中，钱学森还开列了一批拟调来参加这一宏伟事业的 21 名高级专家，其中包括哈军工的任新民、梁守槃、庄逢甘、罗时钧、卢庆骏、李宓等人。

在此前的 1955 年 12 月下旬，钱学森回到北京后，就应邀来到彭德怀的办公室，陈赓陪同在侧。

彭德怀十分敬重这位热爱祖国的大科学家，单刀直入地请教道："钱先生，我是个军人，今天找您来，想谈谈打仗的问题。我们不想打人家，但若人家打过来，我们也要有还手之力。在我国现有的经济和技术条件下，如果研制一种射程在 300 至 500 公里的短程火箭，需要多长的时间呢？"

钱学森说："如果只是能够发射火箭，那用不了很长时间，费时间的是发射出去后能控制火箭的那一套东西，叫自控系统。完成自控系统应占工作量的 80%，而弹体和燃料研制的工作量只占 20%。当年二战时德国 V－2 飞弹命中率很低，就是自控系统不过关。"

彭德怀沉吟半晌说："看来最重要的是自控系统了。我们当前要同时解决这个问题才行，要不然，导弹成了瞎子，乱飞一气，还怎么消灭敌人呢！"

钱学森又向彭德怀和陈赓详细解释了自控系统的原理、类型，以及技术上的难点等问题。把钱学森送走后，彭德怀高兴地对陈赓说："我们的军队不能老是土八路，也要学点儿洋玩意儿。你安排钱先生为在京军事机关的高级干部讲讲课，让大家都开开眼界，长长见识。"

1956 年元旦前的一天，陈赓又跑到了叶剑英家里，向他在黄埔时的老师鼓吹了一通，说得叶剑英心里发热。叶剑英吩咐陈赓去请钱学森夫妇元旦到他家里做客，吃顿便饭。元旦下午，陈赓和钱学森夫妇一起到叶剑英家中赴宴。席间，火箭和导弹成了宾主间的主要话题。钱学森深入谈到人力、物力的估算，机构、人员的设置，越谈越投机。饭罢，陈赓建议，立即去找周恩来拍板。

"学森同志，我认为你们的想法很好啊！"听了钱学森和陈赓的设想，周恩来紧握着钱学森的手，话语中充满着信任和期待，"现在我交给您一个任务，请您尽快把你们的想法，包括如何组织这个机构，如何抽调专家等等，写成一个书面意见，以便提交中央讨论。"

钱学森的这份意见书受到了中共中央和中央军委的高度重视，各有关部门多次开会研究。

1956 年 3 月 14 日，周恩来主持会议，听取钱学森关于在中国发展导弹技术的设想，会议决定成立国家导弹航空科学研究方面的领导机构，即航空工业委员会，简称航委，由聂荣臻任主任，副主任为黄克诚、赵尔陆，委员有钱学森、刘亚楼、王诤、李强等人。

5月26日，聂荣臻邀请国务院秘书长习仲勋、副总参谋长兼军事工程学院院长陈赓、国家科委副主任范长江、一机部部长黄敬、中国科学院副院长张劲夫、清华大学校长蒋南翔，以及国务院各部委领导共33人开会，商量为国防部第五研究院选调科技骨干的问题。

会议在三座门召开。

聂荣臻在谈完我国发展以"两弹"为主的尖端武器计划后，强调说："我国发展尖端武器迫在眉睫，但国际技术援助还没有落实，尽管困难很多，但中央下了决心。当前急需的是各类人才，请在座诸位大力支援，鼎力相助。"

陈赓第一个站起来，扶扶眼镜，爽朗地说道："搞导弹需要集中全国的优秀技术骨干，才能攻克难关，把研究工作进行下去。我们军工学院有一批从事航空和火箭专业教学的专家、教授，我想从中抽调6名教授，支援航委。"

听了陈赓的表态，聂荣臻的脸上露出满意的笑容。

从钱学森踏入国门，到建立力学研究所，总共不到3个月时间。这在中国是前所未有的。

为此，数学家华罗庚认为，这是科学院工作的一大进步。

对此，海外一家报纸作了如下报道：

> 钱学森博士回到中国大陆不久，便获中共的邀请，担任中共科学院力学研究所筹备委员。这个研究所成立之后，钱学森又担任研究所所长。他同时担任中共科学院数理化学部的委员，中共科技协会全国委员会的委员，中国航空动力协会主席和中共航空协会主席等职务。中共何以在钱学森初返大陆之时，就赋予他如此多的重要职务？乃因他们知道钱学森的价值……

不管这家海外中文报纸的记者基于什么立场和出发点写了这篇报道，但是有一点他说的是对的，这就是，我们的国家和政府"知道钱学森的价值"。

中国共产党爱才、惜才、渴求人才，尊重和信任爱国的知识分子，因此，才敢于将重任赋予他们。

事实上，当年这位海外记者还未曾得知，就在钱学森的东北之行以后，党和国家正准备将另一副重担放在钱学森的肩上。

毛泽东接见钱学森

1956 年 2 月 1 日，风和日丽、气象清新，到处一片春意盎然的景象。

此时，在中南海丰泽园的菊香书屋里，毛主席来回地踱着步子，还时不时地向窗外望去，好像在焦急地等待着什么。手里的烟已吸了一大半，当他又向窗外看时，门开了。

"主席，等久了吧？"周恩来满面笑容第一个进门，"我将你久盼的贵宾请来啦！"

"啊！钱学森同志。"毛泽东走上前去，紧紧地握住了钱学森的双手，说："盼了你好久啰！我们的工程控制论的创始人和火箭专家！"

"让您久等了，毛主席，我也早想来拜会主席了！"钱学森激动地望着紧握着他双手的毛泽东，他被毛泽东的热情深深地感动了，"只是怕您太忙，不敢来打扰。"他接着说道。

"学森同志啊，这你可说反啰！考虑到你才回国，要处理的事太多，不敢过早相约。"毛泽东诚挚地说。

"听说美国人把你当成 5 个师呢！怪不得他们阻挠你回国呢！"毛泽东伸出 5 个手指头，"我看呀，对我们说来，你比 5 个师的力量大多啦！我现在正在研究你的工程控制论，用来指导我们国家的经济建设呢！"

毛泽东一边说着，一边拉着钱学森往里面走："来，来，学森同志请到这里坐！"

毛泽东的真诚与平易近人，减少了钱学森初来时的拘谨和紧张。

"学森同志，"毛泽东望着钱学森，"你那个关于《建立我国国防航天工业的意见书》，我仔细看过了。写得不错嘛，我看很好啊！"

"主席，"钱学森谦和地笑了笑，"我刚刚回国，对国内情况不甚了解，我只是根据我的工程控制论，对我国的国防建设特别是航空工业的建设提了不少很不成熟的意见，其中错误一定不少啊！"

毛泽东连忙摆了摆手，接着说道："学森同志，提出了这么多好建议，怎么是错误啊！这是十分难得的呀！这些精辟独到的建议，只有你这位工程控制论创始人才提得出呀！"

毛泽东的坦诚和真挚，使钱学森深受感动。

毛泽东接着说道：

> 我们国家决定根据你的工程控制论，组织各个学科各个部门一起奋力搞导弹。学森同志，我想请你这个工程控制论的创始人来牵这个头，有信心吗？

钱学森有点儿紧张，"主席，把这么重要的任务交给我，我怕干不好啊！"

"世上无难事，只要肯攀登。"毛泽东将手中的烟在空中重重地一晃，"你钱学森是工程控制论的开山鼻祖，是世界有名的火箭专家，还怕干不好！"

在毛泽东磅礴气势的感染下，钱学森感觉到有一种无名的力量在激励着自己，他看着主席，坚定地点了点头："主席，我一定努力工作。"

后来有一天，聂荣臻拿着一份名单，匆匆向菊香书屋走去。

"主席，为了争取苏联对中国发射导弹和火箭技术的援助，我们准备派人到苏联去谈判，您看这代表人员名单该怎么定？"

毛泽东想了想说："聂老总，你就来做这个代表团的团长，你的代表团应该把新式武器和军事技术装备，还有原子工业的人员包括进去。学森同志也应该去，很多问题只有他去才搞得清。"

就这样，作为科学家和工程控制论创始人的钱学森，参加了中苏关于军事尖端技术的谈判。

毛泽东曾对周恩来说："恩来，根据钱学森同志的工程控制论，我国第一个导弹、卫星试验基地的情况怎样了？"

"基地已选好，只是基地领导小组人选还没有定下来。"

"就请工程控制论的创始人钱学森当组长吧!"毛泽东的手掌在椅上轻轻一按。

"好!"周恩来点点头,将手中的材料递给毛泽东,"这是钱学森等人根据工程控制论写的报告,请主席过目。"

"这是钱学森这些科学家写的'天书'啊!"毛泽东幽默地说,"我一定要好好看看。"

周恩来走后,毛泽东立刻打开钱学森等人递上的"天书"。看完后,毛泽东抑制不住内心的激动,拿起直拨电话,兴奋地说道:"恩来,我想召集一个会议,亲自听听钱学森这些科学家们的汇报。"

下午,毛泽东的菊香书屋里坐满了他请来的科学界的贵宾。毛泽东对钱学森说:"请你根据你的工程控制论谈谈火箭、导弹问题吧!"毛泽东显然对钱学森用他的工程控制论指导建造的火箭、导弹有着特殊的兴趣。

"好,"钱学森向毛泽东微微点点头,"主席,那我就谈谈我个人在这方面粗浅的看法吧。关于火箭、导弹的问题,如果苏联遵守我们签订的协议,他们提供的模型尽早运来,我们在三五年之内就会有一个大的突破,争取把第一枚导弹打上去。因为我们对工程控制论的研究远远走在他们的前面,而研制火箭、导弹是无论如何离不开工程控制论的。可以这样说,离开工程控制论,火箭、导弹的研制工作将寸步难行!如果他们拖拖拉拉,我们也不怕。至少我们有火箭、导弹的理论基础,有比较完善的工程控制论作为指导。现在关键是火箭的燃料问题，苏联答应给，但迟迟没运来。"

毛泽东看了身旁的周恩来一眼，眉头皱了皱。

钱学森并没有注意到毛泽东的表情，接着说道："根据工程控制论的理论，我们准备先搞出图纸和模型，在不依靠外援的基础上拿出我们自己的东西。就像刚才总理说的，我们搞火箭、导弹，包括搞卫星，要有立足于国内的思想准备，当然这里最重要的是全国大力协作，使工程控制论的研究更趋完善。"

听到这里，毛泽东非常兴奋，插言道："学森同志，你谈得蛮好呀！现在我们搞尖端技术，也是在打硬仗，打一场工程控制论的硬仗呢！我们过去的辽沈、平津、淮海三大战役为什么取得胜利，就是运用了'集中优势兵力，各个击破敌人'的战略思想。学森同志，实际上，这也是你的工程控制论在军事上的运用，只是当时没有这个名词罢了！"

钱学森笑着说："因而，主席应当是工程控制论的创始人啊！"

毛泽东摆了摆手，说道：

　　我不过是不自觉地在战争上运用了你的工程控制论。工程控制论的创始人当然还是你呀！我哪能贪为己功啊！

毛泽东对钱学森的信任与重视使其深受感动。国家领导人用自己的热情深深感动了钱学森。

是的，中国是可爱的，中国人民是可爱的，钱学森在心中暗暗发誓，一定要为中国的富强奉献自己的一生！

担任国防部第五研究院院长

1956年3月14日，周恩来主持军委常务会议，钱学森应邀列席。会上决定组建导弹航空科学研究的领导机构，即航空工业委员会，由周恩来、聂荣臻和钱学森负责筹备。

从此，火箭、导弹事业成了钱学森工作的重心。

后来的事实证明，中国航天之所以取得比别的行业更突出的成绩，很重要的一条就是有钱学森这样的技术领导抓科研、抓预研、抓试验。钱学森以他的远见卓识，制定了正确的发展规划，走出了一条多快好省的路。

1956年10月8日，聂荣臻宣布："中国第一个火箭、导弹研究院——国防部第五研究院正式成立！"钱学森被任命为首任院长。

在研究院的200余人中，除了10多位战功赫赫的将帅部长，还有156位刚刚走出校门的应届大学毕业生。

聂荣臻向大家介绍了钱学森，并请他上台讲话。钱学森面对全场信任的目光和热烈的掌声，用坦诚、谦和的语言激动地说：

同志们，我们是白手起家。创业是艰难的，困难很多，但我们绝不向困难低头。

对待困难有一个办法，这就是"认真"两字，只要认真，我们一定能克服困难，一定能完成党中央交给我们的光荣任务。

钱学森言简意赅的讲话像一篇宣言书。从此，他带领国防部第五研究院的科研人员开始了艰难的创业和无畏的登攀。

当时的状况是：人员不懂技术，缺乏图书资料，没有仪器设备，一切从头开始。

钱学森抓的第一件事是举办"扫盲班"。20 多位专家没有见过导弹，156 名大学生更是各学各的专业，就是没有学过导弹。

钱学森平易近人，对青年人更是关怀备至。在很长一段时间里，他坚持每周都要抽出时间，与孙家栋他们这些年轻的设计人员讨论技术问题，若有什么不妥，他便耐心引导、解释，很少直接批评。

钱学森主讲《导弹概论》，内容包括人造卫星与导弹概论；每期 7 讲，一连举办 3 期。

对于专家们，钱学森将他们集中到寓所，开小课，与他们一起讨论技术上的疑难问题。

钱学森忙坏了，不仅要管计划、技术决策、机构设置、人员仪器设备、课题确定等科学研究的分内事作为一院之长，他还要"管家"，为全院职工的柴米油盐和衣食住行操心。

　　国防部第五研究院成立之后，我国导弹、火箭技术究竟选择一条什么样的发展道路？聂荣臻在向中央的报告中指出了我国导弹的研究应采取的方针：

　　自力更生为主，力争外援和利用资本主义国家已有的科学成果为辅。

　　1956 年 10 月 17 日，毛泽东、周恩来批准了这个方针。这就是国防部第五研究院的建院方针。

　　钱学森尽管应接不暇，但仍像一团火似的全力以赴。体制不顺的状况很快被党组织发现，并妥善解决。后来钱学森被改任专管科学研究的副院长，才得以集中全部精力专注于科技决策和科技难题的攻关。

　　中国向苏联提出了有关国防尖端援助的要求，为此，以聂荣臻为团长的谈判代表团于 1957 年 9 月抵达莫斯科。

　　钱学森作为代表团成员参加了中苏《关于生产新式武器和军事技术装备以及在中国建立综合性的原子工业的协定》的签字仪式。

　　在这次谈判中，协议规定，苏方从 1957 年至 1961 年底，除供应 4 种原子弹样品与技术资料外，还允诺在 1960 年至 1961 年间供给射程达 1000 公里的导弹技术资料。

　　1960 年 10 月，陈毅、聂荣臻等受周恩来委托，在人民大会堂宴请了有关的中国科学家。

疾风知劲草，国难显忠良。卧薪尝胆，励精图治，赴汤蹈火，在所不辞，悲壮与豪气充满了每个科学家的心间，成了他们战胜困难的强大动力。

钱学森与专家们多次会商，迅速调整与修订了研制计划，大大加快了事业的进程。

三、 努力奉献

● 1960 年 11 月 5 日凌晨，酒泉导弹发射场在探照灯的照射下明如白昼，一枚液体燃料地对地导弹像一座方尖碑屹立在大漠之中，箭体上书写着："独立自主，自力更生" 8 个醒目的大字。

● 1964 年 10 月 16 日，周恩来打手势请大家安静，然后宣布："同志们，毛主席让我告诉大家一个好消息，我国第一颗原子弹已经爆炸成功了！"

● 1970 年 4 月 24 日 21 时 35 分，载有"东方红 – 1"号卫星的运载火箭的发动机喷射烈焰，火箭伴随着轰鸣声腾空而起，冲向天空。

白手起家研制导弹

1956 年，周恩来亲自主持制定了我国第一个科技发展 12 年规划，把发展原子弹放到重要的战略位置上。

1958 年 6 月，苏联提供的第一批 P－2 导弹武器系统的图纸资料运抵我国。钱学森带领国防部第五研究院，立即组织技术人员投入了紧张的翻译和复制工作。

北京的 7 月是盛夏季节，酷热难当，翻译人员在十分艰苦的条件下，日夜兼程地工作。忙碌的夜晚，钱学森和机关人员带着西瓜赶来慰问译制人员，使人们倦意顿消、精神倍增。经过突击译制，第一批 P－2 导弹的图纸资料很快翻译完成，并下发到承制工厂。

8 月，苏联导弹专家陆续来华，具体指导仿制工作。9 月，国防部第五研究院正式将 P－2 导弹在我国的仿制型号命名为"1059"，意思是 1959 年 10 月完成仿制，并进行首次飞行试验。

导弹技术是现代科学技术和基础工业成就的高度综合，是国家规模的庞大系统工程，几乎涉及国民经济的所有生产部门和各个技术领域。而刚刚成立不久的新中国，科学技术的落后面貌还未改变，这为"1059"导弹的仿制带来许多意想不到的困难。

1959 年，苏联单方面撕毁中苏合作发展核武器的协定，并于次年 8 月，撤走全部专家，带走了重要图纸资料，停止供应设备材料，给正在进行中的中国核弹研制工作造成了巨大损失和严重困难。就在这紧要关头，中共中央毅然决定：

　　自己动手，从头摸起，准备用 8 年时间，把原子弹研制出来。

毛泽东明确指出：

　　要下决心搞尖端技术。赫鲁晓夫不给我们尖端技术，极好！如果给了，这个账是很难还的。

毛泽东的话表达了中国人民不信邪，不怕压，勇于战胜困难的决心和意志。

面对重重困难，导弹研制人员没有退缩，他们百折不挠，用自己的聪明才智和忘我的工作精神，把一个又一个困难踩在了脚下。

仿制没有研究和生产基地，科研人员就开展全国大协作，当时全国直接和间接参加仿制的单位有 1400 多个，涉及航空、电子、兵器、冶金、建材、轻工、纺织和商业等各个领域，其中主要承制厂就有 60 多个。仿制没有导弹总装厂，科研人员就对一座清朝宣统年间兴建的飞机修理厂进行技术改造；设备缺乏，就因陋就简，土法上马，自制简易设备，或者想方设法利用国内现有设备；原材料短缺，就努力寻找代用材料，以解燃眉之急。

当时有这样一个广为流传的故事：

导弹发动机液氧活门的密封垫圈要求很高，只能用3岁公牛臀部上没有鞭伤的牛皮制作。我国的设计人员结合自己的国情，在吃透技术文件的基础上，经过反复试验，合理制定了新的技术标准，不仅满足了发动机的设计要求，而且解决了材料的来源问题。

导弹部段生产出来以后要进行强度试验，为了能有一个专用的强度试验室，钱学森带领技术人员在一个旧飞机库的基础上，用就地挖坑的办法，解决了机库高度不够的问题，并利用从飞机上拆下的旧部件和自制的承力地轨，仅用半年时间就建成了一座简易强度试验室。

在这个试验室里，技术人员们完成了"1059"导弹的320次静力试验。

经过我国导弹设计工程技术人员与工人们的艰苦奋战，1960年2月5日，导弹的第一个大部段，即酒精贮箱仿制成功。接着，其余7个大部段也相继完成。

一个多月后，由我国导弹技术人员自行设计并施工安装的国内第一座大型导弹发动机试车台竣工验收，并利用苏制Ｐ－2导弹发动机成功地进行了初级点火试车。

与此同时，"1059"导弹发射所用国产推进剂的理化性能已经分析、测定完成，弹上仪器和地面设备等关键技术也取得了重大进展。

有鉴于此，国防部第五研究院于 1960 年 6 月 28 日向中央军委报告，争取"十一"前后完成第一批"1059"导弹的仿制任务，并进行飞行试验。

毛泽东、朱德、邓小平、贺龙、陈毅、罗荣桓、徐向前、谭政等圈阅了这份报告。叶剑英、聂荣臻和刘伯承还做了重要指示。

1960 年 10 月 23 日零时 45 分，一趟由 18 节客、货和特种车箱组成的专列，满载"1059"导弹和仪器、地面设备与特种车辆，以及发射试验人员从北京起程，秘密驶向酒泉导弹试验靶场。此趟专列的级别很高，沿途布满了担负双层警戒任务的民兵和解放军战士，每逢停车时，车上所有试验人员一律下车，警戒战士背向专列警戒，不准任何无关人员靠近。

10 月 27 日，导弹安全运抵发射场。第二天，导弹进入技术阵地进行单元和综合测试。

1960 年 11 月 3 日，"1059"导弹测试结束，被装上专用运输车送往三号发射场区。

在那里，发射人员用高架起重机把导弹吊到起竖托架上；接着，载着导弹的起竖托架以步行的速度缓缓驶进发射工位；随后，起竖托架上的液压装置把导弹竖成垂直的发射状态。操作人员登上工作平台，进行发射前的最后作业。

党和国家领导人十分关注这一具有历史意义的发射，中央军委和国防部第五研究院的许多领导都亲临发射场坐镇指挥。

11月4日，在张爱萍、陈士榘两位将军的陪同下，聂荣臻飞抵发射场。他一下飞机就急着了解导弹的测试情况，并叮嘱说："这是我国自己生产的导弹，试验工作一定要严肃认真，不能有丝毫马虎。"

当晚，聂荣臻告诉大家，周总理已经报告给毛主席，同意明天拂晓发射。

1960年11月5日，是我国历史上永远值得纪念的一天。凌晨，酒泉导弹发射场上呈现出一派繁忙的景象。在探照灯的照射下，整个发射场坪明如白昼，一枚液体燃料地对地导弹像一座方尖碑屹立在大漠之中，箭体上书写着："独立自主，自力更生"8个醒目的大字。

这是中国专家仿制的第一枚弹道导弹。它凝聚着钱学森和他的助手们整整两年时间的心血！尽管当地的气温已经下降到零下20多摄氏度，但是所有参试人员仍全神贯注、一丝不苟地工作着。

试飞就要开始了。聂荣臻亲临发射场为首次飞行试验剪彩。钱学森与聂荣臻并排坐在一起。他望着导弹发射架，心情无法平静下来。

警报拉响了，各种加注车辆纷纷撤离发射阵地，一切发射的准备工作基本就绪。然而，钱学森的心也随着警报器的响声更加沉重起来。

严格说来，这仅是一枚"描红弹"。虽然零部件基本上都是中国自己制造的，但那是一种仿制，是照苏联样品弹画的"瓢"。

现在，这个仿制品即将接受全面的考核。它能够经受住考验吗？

1960年11月5日9时2分28秒，发射指挥员下达了点火命令。随着一声惊天动地的轰鸣，发射台周围腾起一股浓烟，导弹的尾部向下喷吐出橙红色的火焰，随即拔地而起，直刺蓝天。这时，发射场上空天气晴朗，能见度很好。几秒钟后，垂直上升的导弹开始程序转弯，向远方飞去。与此同时，指挥中心不断传来各跟踪台站"发现目标，飞行正常！"和"跟踪良好！"的报告。

火箭越飞越快，忽然向西拐弯了，很快只剩下了一个小亮点，蓝天上空留着一道乳白色的痕迹。

钱学森从发射指挥控制室的座位上缓缓地站了起来，但他的那颗悬着的心仍没有放下。

"火箭命中目标！"终于，弹着区传来了振奋人心的喜讯！

这枚火箭全程飞行550公里407米，历时7分37秒。

当弹着区发回发射成功的报告时，导弹发射场变成了一片欢腾的海洋，掌声和欢呼声响成一片。

在人们尽情雀跃的时候，聂荣臻和张爱萍来到发射场坪向大家表示祝贺。

聂荣臻高兴地对参试人员说："同志们，你们辛苦了！大家好好地休息一下吧！"接着，他问一位年轻的导弹设计人员："竖立的导弹像什么？"

这位设计员回答说："像一把利剑刺向蓝天，直刺敌人的心脏。"

旁边的张爱萍连声称赞："说得好！说得好！"

这是一枚由我国自行设计研制的中程导弹。

弹体上的几个大字，完全表达了中国全体航天战士的心声。

1962年3月2日，距我国仿制成功第一枚导弹仅过了16个月，一枚被命名为"东风－2"号的导弹又开始发射。这枚被命名为"东风－2"号导弹的研制方案，是在苏联专家撤走后的一个月时间里提出来的。

在钱学森的领导下，中国航天专家们发奋图强，励精图治，把生气变成了争气，只用了短短一个月时间，便完成了总体设计方案。

然而，对待科学技术，可来不得意气用事。意气用事便难免出差错。当发射场控制室发出"15分钟准备"的号令时，按规定要待在掩蔽部里的科技人员们激动得再也顾不得掩蔽，一个个偷偷跑了出来。

"牵动！"

"开拍！"

"点火！"

导弹像一只美丽的金凤凰，在烈焰中冉冉飞升。

"成功了！"偷跑到战壕里来的人们兴奋得又蹦又跳

又扔帽子。

然而，高兴得太早了，"成功了"的话音还没有落地，导弹忽然脱离了预定的轨道向北偏飞。

刹那间，导弹突然坠落下来，把离发射台仅600米远的荒沙滩砸了个深坑，接着便升起了一团不大不小的蘑菇云。

大家蒙了，呆了，僵了。发射场上一片死寂。

钱学森很快同大家一起排疑点，分析失败原因，总结经验教训。

1964年6月29日7时，修改后的"东风－2"号中程导弹又重新屹立在酒泉靶场的发射台上。

各项仪表和整个系统经过反复测试，表明导弹性能良好，全弹处于待发状态。

钱学森作为发射现场最高技术负责人与现场总指挥张爱萍并肩站在发射场的指挥室内。地下控制室内静穆庄重。经历了曲折后的人们沉着镇静，不再像上次那样冒冒失失的了。

突然，两颗绿色信号弹划破晨空。

"点火！"

随着一声响彻大地的巨雷，导弹腾空而起，扶摇直上。它喷着长长的火舌，按预定的弹道向目标区飞去。

在北京总部，中央领导同志很快接到了现场总指挥张爱萍打来的电话：

"'东风－2'号地地导弹，经与钱学森同志共商，于今晨 7 时 5 分正式发射。发射很成功，很顺利!"

7 月 9 日、11 日，又连续发射两枚"东风 – 2"号，均获圆满成功!

10 月，埋头于祖国火箭、导弹事业的钱学森和他的同事们，热火朝天地在我国西北发射基地紧张地准备着又一次全新的导弹试验，即中近程导弹运载原子弹的"两弹结合"飞行试验。

1966 年 10 月 27 日 11 时，中国首枚导弹核武器发射的时刻终于来临了。

发射非常顺利，也非常成功! 弹头飞越了预定的距离，并精确命中目标。

钱学森、聂荣臻，乃至一切了解并关心这次发射试验的人的担心，都随着一声成功的巨响消解了!

聂荣臻激动地向钱学森扑去，两人热烈拥抱，热泪流了下来。

从这一天起，中国在世界上确立起了拥有核武器大国的地位! 钱学森也被誉为"中国导弹之父"。

这枚导弹的成功，是我军武器装备和航天发展史上的一个重要里程碑。它向全世界证明，曾经发明了古代火箭的中国，从此结束了没有导弹武器的历史。

这枚导弹的成功，也是我国导弹研制、生产的一个良好开端，标志着我国在掌握导弹技术方面迈出了关键的第一步，为今后新型导弹的自行设计和生产开辟了道路，奠定了基础。从那时起，我国的战略导弹技术从无

努力奉献

到有、从小到大、从单级到多级、从近程到远程、从液体到固体不断发展，取得了举世瞩目的成就。

两弹结合爆炸原子弹

1962 年 11 月 17 日，周恩来主持召开中央专门委员会第一次会议。会议根据中央关于加强原子能事业领导的决定，在中共中央直接领导下，正式成立中央专门委员会。

中央专门委员会的成立，标志着原子弹的研制由国家战略上升到了国家行动，从此，原子弹的研制步入了快车道。而原先在原子弹研制过程中牵头的中国人民解放军国防科学技术委员会（简称"国防科委"）也转变成为主要的组织协调机构之一。

1958 年夏末的一个上午，毛泽东在中南海寓所里接见了钱三强和钱学森。

谈话间，钱学森表示，自己的精力正在考虑火箭和导弹，但对原子弹研究也有一些不成熟的意见。核弹是现代多种科学技术成果的高度结晶，是一项十分复杂而又庞大的系统工程，所有的研究工作，不可能由一两个单位或部门统统包揽下来完成。因此，他建议成立一个专门攻克核弹技术难关的研究机构。"

毛泽东立即表示赞同。

这次谈话后不到两个月，中央决定将国防部第五研究院与航空工业委员会合并，成立中国人民解放军国防科学技术委员会，统一协调、管理国防科学技术的研究工作。

1963年9月，人民大会堂北京厅，周恩来在主持会议，会议室里坐满了人。参加会议的有陈毅、贺龙、聂荣臻、张爱萍、钱学森、钱三强、彭恒武、王淦昌等。

钱学森是国内外著名的学者，也是中国原子弹试验的负责人之一，他今天的心情显然也很激动。

钱学森说："我想，作为一个科技工作者，中央把这个重任交给我们，我们责无旁贷，应该早一天把原子弹造出来，早一天长我们中国人的志气！"

周恩来说："好，今天把大家请来开这个会，就是要向大家表明中央的决心，只能上，不能下！要团结一致，克服困难，毛主席也很关心这件事，他请我问一下大家，能不能保证明年试爆？"

说到这里，周恩来转过身，望着钱学森、李觉和邓稼先几个科学家："你们说，你们最有发言权！"

老帅们的目光也投向了几位在座的科学家。

钱学森语气肯定，显得很有信心："我想，可以保证！"

"实弹装配进度有把握吗？"周恩来问。

邓稼先在一番沉思之后，站了起来："总理，请转告毛主席和党中央，今年年底之前完成研制，明年年初完成实弹组装，保证当年进行试爆！"

周恩来又问了一些技术细节，然后说："爱萍同志，你来主持这次试验，力争取得成功经验。"

"请总理放心，我马上就前往罗布泊试验基地。"张爱萍立即表态。

在此期间，由于全国的大协作，第一颗原子弹的研制工作进展迅速。

1963 年 3 月，原子弹理论设计方案出来了。

实验科研人员经过上千次的爆轰试验，于 1963 年 12 月 24 日爆轰出中子。

西北铀浓缩厂在攻克了一个又一个技术难关后，于 1964 年 1 月 14 日生产出可以作为原子弹装料的合格的高浓铀产品。

关键性技术试验的成功和关键性生产的完成表明，中国距爆炸第一颗原子弹已为时不远。

1964 年 10 月 16 日，主控站操作员按下了启动电钮，10 秒钟后，整个系统进入自控状态，计数器倒计时开始。

当从 10 倒转到 0 时，指挥员一声令下："起爆！"主控站操作员有力地按下了牵动人心的最后一个按钮。

按事先的设计，原子弹进行爆轰、压缩、超临界、出中子、爆炸的全过程。

在短暂的寂静之后，突然，铁塔那里迸发出强烈的耀眼的光。顿时，金光喷发，火球凌空达 3 秒钟，接着升腾起一个巨大的太阳般的火球，冲击波如同飓风般席卷开来，随后，传来了惊天动地的爆炸声。

7 秒钟后，形成了一朵极为壮观的蘑菇云，上升距地

努力奉献

面 7000 至 8000 米的高空。

看到徐徐上升的蘑菇云，整个指挥所里的人们都欣喜若狂。

在第二机械工业部原子弹试验办公室里，部长刘杰正和几名高级干部焦急地等待着。

电话铃响了，一名干部太紧张了，以至把电话筒掉到了桌上，刘杰一把抓起来。

电话那边传来张爱萍的声音："请报告周总理和毛主席，我们的第一颗原子弹爆炸了！"

刘杰冷静地说："再说一遍。"

"原子弹爆炸了，已经看到了蘑菇云！"张爱萍用极为肯定的语气回答。

"我马上报告！"

刘杰抓起了专用电话："我是刘杰，请周总理讲话！"

"我是周恩来！"

"总理，张爱萍同志从试验基地打来了电话，原子弹已经爆炸了，看到了蘑菇云！"

"好，我马上报告毛主席。"

几分钟后，周恩来给刘杰回了电话："毛主席指示我们，一定要搞清楚是不是核爆炸，要让外国人相信！"

刘杰立刻把主席的指示传达给张爱萍。

张爱萍回答说："现在蘑菇云已经升上到 1 万多米了，探测人员已经看到铁架子都完全熔化了，下部也坍塌了，而且测量辐射的情况证明，确实是核爆炸成功。"

这时，刘杰又给周恩来打了电话，激动地说："我们的第一颗原子弹已经爆炸成功！"他告诉周恩来，"这是一次成功的核试验！请党中央和毛主席放心。"

周恩来把这一消息立刻报告给了毛主席。

这以后的几分钟里，刘杰一直都很激动。他在第九研究院时就开始规划，历经千辛万苦，现在爆炸终于成功了！

毛泽东得到了确定的报告是核爆炸成功时，让周恩来向参加大型歌舞《东方红》演出的同志们提前宣布这个令人振奋的消息。

这天下午，欢乐的情绪笼罩着北京城。几千名男女文艺工作者聚集在人民大会堂的宴会厅，在进行完一场《东方红》大型歌舞表演后，等待着国家领导人的亲切接见。

16时，周恩来接见了大家。

周恩来打手势请大家安静，然后宣布：

同志们，毛主席让我告诉大家一个好消息，我国第一颗原子弹已经爆炸成功了！

起初，人群依然沉默着，甚至有些发愣；接着，欢呼声响遍整个大会堂。

周恩来风趣地说："大家可以尽情地欢庆，但可要小心别把地板蹦塌了！"

努力奉献

083

当天晚上，中央人民广播电台连续播放了我国第一次原子弹爆炸成功的新闻公报。无数人涌上街头，如同庆祝盛大的节日。

上千万居住在海外的炎黄子孙记得：在这一天，周围的人投来尊敬的目光，他们心中腾起无限的自豪感。

此时，寓居美国的李宗仁向来访者说："西方人终于将我们视为一个智慧的民族。"李宗仁也就是由此才下定了回到祖国怀抱的决心。

1964 年 10 月 17 日，周恩来以国务院总理名义向世界宣布：

中国政府一贯主张全面禁止和彻底销毁核武器，中国进行核试验、发展核武器，是被迫而为的。

中国政府郑重宣布，在任何时候、任何情况下，中国都不会首先使用核武器。

我国第一颗原子弹爆炸成功，标志着我国国防现代化进入了一个新阶段。从此，中国成为继美国、苏联、英国、法国之后，世界第五个拥有核武器的国家。

第一颗原子弹爆炸成功，毛泽东特别高兴。一向反对为其做生日的他，这一年一反常规，破例地请了大家一次。

宴会前，工作人员拟定了一个入席者名单给毛泽东审定。毛泽东看了3桌客人的名单后，十分郑重地用铅笔将钱学森的名字从另外一桌画到了自己所在桌位的名单上，而且让钱学森坐在自己身边。

宴会在喜庆的气氛中开始。毛泽东坐在座位上，笑着说："今天，请各位来叙一叙，主要是因为我们的原子弹爆炸了，我们的火箭试验成功了，我们中国人在世界上说话，更有底气了！"

接着，毛泽东话锋一转，指着自己身边的钱学森，笑着对大家风趣地说："我现在特别向在座的诸位介绍一下我们的钱学森同志，他是我们的几个王呢！什么王？'工程控制论王'和'火箭王'！他这个王用工程控制论一发号令，我们的火箭就上天，所以各位想上天，就找我们的'工程控制论王'和'火箭王'钱学森同志！"

毛泽东接着又说："这位'工程控制论王'钱学森同志也给我们做出另一个榜样呢！他不要稿费，私事不坐公车，这很好嘛！"

钱学森毫无思想准备，怎么也想不到毛泽东会在这种场合如此表扬自己，真是受宠若惊啊！

"主席，"周恩来对毛泽东说，"钱学森同志还有一件更重要的事值得我们学习啊。这就是学森同志对青年的培养和信任。"周恩来向毛泽东讲起了下面这个故事：

1964年夏天，钱学森同志带领大家设计的一枚火箭已进入了"15分钟准备"，只等待"0"时的到来。

这时，突然出现了事先谁也没有估计到的严重情况。

由于天气太热，火箭推进剂在高温下剧烈膨胀。导弹贮箱内灌不进足够的燃料，灌进去的也气化了，这将严重影响火箭的射程。

论证会和研讨会一个一个开下去，始终找不出合适的方案。

突然，一个叫王永志的青年工程师提出来："适量泄出推进剂！"大家被这方案弄糊涂了。

"不行！不行！"总设计师连连摇头，"正因为气温太高，推进剂已经少加了，这才出现了达不到射程的问题。现在你反而提出减少推进剂，这不打得更近了吗？"

"泄出少量推进剂，"王永志坚持着，"就减少了弹体的重量。这不但不会影响火箭的发射距离，而且还会飞得更远。"

"我决不同意拿国家的财产去冒险！"总设计师右手一挥，完全堵死了这道门。

"找钱学森院长去！"王永志向钱学森的帐篷走去。

钱学森细心地倾听着王永志的意见。听完后，他既没点头，也没有摇头。他站起身来，在帐篷内踱着步。

他终于停住了脚步，说道："按照工程控制论原理，你这个方案有道理，年轻人！"钱学森拍拍王永志的肩膀，"我看这个办法行！"

钱学森全力支持这位青年工程师的方案，要知道，这是要承担很大风险的。

第二天，火箭按照王永志的方案发射成功了！

"主席，这就是我们的钱学森同志，我们的工程控制论创始人钱学森同志!"周恩来最后重重地加了一句。

毛泽东站起身来，紧紧握着钱学森的双手，动情地说："只有无私无畏的人才能做到这一点，钱学森同志!"

就是这位火箭专家，心系新中国的发展，为了中华民族的昌盛，不远万里，历尽劫难回归祖国。

钱学森曾经说过：

> 我作为一名中国的科技工作者，活着的目的就是为人民服务。如果人民最后对我的一生所做的工作表示满意的话，那才是最高的奖赏。

这段简短的人生座右铭，就是他为祖国、为人民鞠躬尽瘁、一生以科学态度追求真理的真实写照。

对这位海外归来的学者，毛泽东极尽珍惜、高度尊重和信任。钱学森不负众望，终于与大家一道研制成功了我国的导弹、原子弹，打破了当时两个超级大国的核垄断。

第一颗原子弹爆炸时采用的是"地爆"方式，因此还不具备真正意义上的核威慑、核反击能力。在这样的情况下，使用飞机投掷原子弹，实现"空爆"，被提上我国核试验的议事日程。

第一颗原子弹爆炸成功后，钱学森当即向聂荣臻提出："既然原子弹成功了，我们就可以用改进了的中程运载火箭把核弹头送上天。"

这一建议得到了聂荣臻的赞同。

于是，钱学森率领一批火箭专家，展开了对提高火箭战术技术性能的攻关，使射程、精度更能符合实战要求。

在抓紧研制运载工具的同时，钱三强领导的核科学家也正在争分夺秒地研制核弹头。

1965 年 5 月 14 日，我国用獾式轰炸机在预定区域、预定高度投下了一枚威力很大的小型核弹，这是中国进行的第二次核试验，使导弹核武器的研制工作迈进了一大步。

中国第一颗原子弹爆炸成功后，欧美一些人在震惊之余，又不无傲慢地说："中国没什么了不起，他们把原子弹搞出来了，但把它用于实战还为时尚早，可以说，中国是有弹无枪。"

外国人太低估中国了。经过 5 年的风风雨雨，我国自行研制的小型原子弹空投试验获得圆满成功。

钱学森根据中央确定的以导弹弹头为主、以空投弹为辅的核武器研究方向，适时地提出了"两弹结合"的设想，即"东风－2"号导弹与核弹头的对接发射。

1966 年 9 月，原子弹与导弹"两弹联姻"的试验准备工作就绪。

这次试验又是一次热试验，也是世界核试验史的头一次，自然引起了毛泽东和中共中央的高度关注。毛泽东亲自听取聂荣臻和钱学森关于试验的准备工作情况的汇报。

周恩来满怀激情地说：

> 赫鲁晓夫不是说中国在 10 年内搞不出原子弹吗？可我们只用了 4 年就搞出来了。这是争气弹、争光弹。核爆炸成功后，有人嘲笑我们"有弹无枪"，无非说我们光有原子弹，没有运载工具。我们要用导弹把原子弹打出去，用行动来回答舆论的挑战。

钱学森和他的同事们精心设计，研制人员配套协调，在毛泽东和周恩来的直接关心下，经过两年的努力，一枚中近程导弹运载原子弹全部组装完毕。

1966 年 10 月 27 日凌晨，随着发射电钮的按下，火箭像一条巨龙腾空而起，在电闪雷鸣、烈焰翻卷中，载着核弹头，飞向苍茫天际。

不久，传来核弹准确命中目标的消息。

"两弹联姻"试验成功了！这表明中国的核弹可以用于实战了！

钱学森总体负责卫星发射

1958 年的中国共产党第八次全国代表大会二次会议上，毛泽东说：

> 中国也要搞人造卫星。而且，我们要搞就要搞大的，鸡蛋那么大的我们不抛。

中国科学院将研制人造卫星列为 1958 年的重点任务。这项绝密的工作被定为代号"581"任务。"581 小组"的组长是钱学森，副组长是赵九章。

赵九章于 1938 年获德国柏林大学博士学位，回国后历任清华大学、西南联合大学、中央大学教授，是中国动力气象学、地球物理学和空间物理学的奠基人，此时任中国科学院地球物理研究所所长。一时间，中科院内热气腾腾，调兵遣将，数十个研究所共同组建了 3 个设计院。

1964 年 10 月，中国成功爆炸了第一颗原子弹。同年 7 月 9 日和 7 月 11 日，连续成功发射两枚"东风-2"号自制导弹，后来它们通过实弹考验，与原子弹配套成了有实战价值的战略武器。

"两弹"的成功，意味着在一定程度上解决了发射卫星的工具问题。

当年，在中国人的心目中，大国是需要一些象征的，但我们与别的国家比什么呢？比汽车、钢铁？还是比国民收入、受教育水平？可以拿出来比，而且一比就能震动世界的，就是被称为"两弹一星"的原子弹、氢弹和人造卫星。

1965 年 8 月，周恩来主持中央专门委员会议，原则上批准了中国科学院《关于发展我国人造卫星工作规划方案建议》，确定将人造卫星研制列为国家尖端技术发展的一项重大任务；并确定整个卫星工程由国防科委负责组织协调，卫星本体和地面检测系统由中国科学院负责，运载火箭由第七机械工业部负责，卫星发射场由国防科委试验基地负责建设。

因为这一计划是于 1965 年 1 月正式提出建议，国家将人造地球卫星工程的代号定名为"651"任务。全国的人、财、物遇到"651"均开绿灯，这样，中国卫星就从全面规划阶段进入工程研制阶段。

1965 年 10 月 20 日至 11 月 30 日，科学院受国防科委委托，在北京召开了中国第一颗人造卫星总体方案论证会，历时 42 天。会上，钱骥报告了中国第一颗人造卫星总体方案。与会的军、民包括海、陆、空方面的 120 多位专家，对发射人造卫星的目的、任务进行了反复论证。

这次会议上确定：中国第一颗人造卫星为科学探测性质的试验卫星，其任务是为发展中国的对地观测、通信广播、气象等各种应用卫星取得基本经验和设计数据；发射时间定在 1970 年；成功的标志是：

上得去、抓得住、看得见、听得到。

"上得去"，便是发射成功。"抓得住"，即是准确入轨。难就难在"看得见""听得到"。

原卫星设计方案里，虽有 72 个平面，直径却只有 1 米，而且表面反光率不高，亮度大约只相当于天空中亮度极低的六等星。这么小的东西在天上飞，地面上的人用肉眼难以看见。那就将直径做大了？可卫星超过了既定重量，火箭又送不上去。后来科研人员琢磨出来的办法是，在第三级火箭外面套个外面镀亮的球形气套，卫星发射时气套闭合；卫星上天后，利用第三级火箭自旋时产生的离心力给气套充气，使之展开为球体。这个办法原理上有些像折叠伞，理论上可行，关键是能否找到制作这种气套的特殊材料。设计人员跑了国内许多厂子，都因要求太高而无力研制这种特殊材料。历尽波折后，这种特殊材料终于在上海研制成功。

为了"听得见"，科研人员也动了很多脑筋。

在那个年代，老百姓家中鲜有收音机，且收音机多是中长波的；极少有短波的；就算是有短波的，也听不见卫星使用的频率，于是想到由中央人民广播电台给转播一下。转播什么呢？光听工程信号，嘀嘀嗒嗒，老百姓听不懂。播送文字，外国人也听不明白。合适的只是歌曲，最能传达中国特色的，无疑是《东方红》。

科研人员按这个方案向钱学森汇报。钱学森也支持，并叫人写了一个报告，呈交聂荣臻。

聂荣臻同意后报中央，中央予以批准，但只让卫星播放"东方红，太阳升，中国出了个毛泽东"这前8个小节。

1967年初，周恩来与聂荣臻采取了一系列措施，宣布：组建中国空间技术研究院，钱学森任院长，编入军队序列。

空间技术研究院从许多单位抽调出精兵良将，把分散在各部门的研究力量集中起来，实行统一领导，使科研生产照常进行，保证了中国第一颗卫星的如期发射。

1968年2月，国务院明确指定：

651总抓，由国防科委负责，钱学森参加。

所以，在651工程中，钱学森实际上是担负大总体，即星、箭、地面系统总的技术协调和组织实施工作。

在空间技术研究院建院之初，研制卫星所需的物质条件十分缺乏，如测试设备少、试验设备不齐、加工设备不足等等。卫星制造厂是由科学仪器厂转产的，在人员、技术、设备和管理方面都面临很多困难。

铆接，是卫星制造中必不可少的一道工序。可当时

努力奉献

卫星厂从未干过，在卫星的初样和试验阶段，没有铆枪，更没有固定工件的桁架，工人们就靠一把小锤，用自己的身体当桁架，将铆钉一个个敲上去。

就是在这样的条件下，卫星厂解决了铆接、阳极化电抛光、光亮铝件大面积镀金、铝件热处理等多项工艺问题。

为了检验设计的正确性和合理性，"东方红－1"号卫星从元件、材料，到单机分系统以至整星都要在地面进行多种环境模拟试验。

发射场预定发射卫星的时间温度很低，而卫星厂却没有符合要求的试验场地，"热控试样星"的试验是1968年的夏季在海军后勤部的一个冷库中进行的。

很多的困难都是靠科技人员因陋就简、土法上马、群策群力解决的。

卫星上天后，许多国际友人来空间技术研究院参观卫星，当时的环境条件让参观者大为感叹："'东方红－1'号能诞生，是个奇迹!"

在运载火箭方面，钱学森提出了一个更为快捷的实施方案。他不主张专为发射人造卫星设计研制运载火箭。他建议充分利用已有导弹和探空火箭的技术基础，将二者结合起来，组成发射卫星的运载火箭。他认为，走这个路子可以大大缩短研制时间和人力物力。后来的事实证明，他的这个研制思路是完全正确的。

1968年2月9日，钱学森在第七机械工业部一院召开了"东风－4"号和"长征－1"号动员大会。钱学森提高嗓门说:"我今天是受毛主席、周总理委派来召开这个大会的。651工程是毛主席亲自批准的,这是他老人家对我们的最大信任、最大的鼓励,也是最大的鞭策。我们不能辜负毛主席的期望……"

按照钱学森的部署,6月下旬,为解决滑行段喷管问题,七机部一院进行了滑行段晃动半实物仿真试验,结果出现了晃动幅值达几十米的异常现象,科研设计人员十分震惊。

钱学森亲临现场,十分有把握地认定:"滑行段在近于失重状态下,原晃动模型已不成立,此时流体已呈粉末状态,晃动力应该很小。所以地面上进行的这种模拟试验,并不代表空间运行的真实情况,不会影响飞行。"后来多次飞行试验证明,这个结论是正确的。

经过艰苦的工作,1970年元月,"东风－4"号发射成功,并顺利实现高空点火和两级分离。

至此,第一颗人造卫星的运载火箭问题基本解决。

在卫星方面,钱学森的任务也十分繁重。对钱学森压力最大的,莫过于"一次成功"的要求,要一次成功地送上天,还要求卫星运行轨道尽量覆盖全球,让世界人民听得到,看得见。

周恩来也多次要求,要过细地工作,做到万无一失。

为此,钱学森多次听取汇报,不厌其烦地将每次汇报中所反映的大大小小的所有问题都一一详细记录下来,并一一落实解决。

1970年2月初，"东方红－1"号卫星成功地通过了整星状态下的自旋试验，火箭和卫星的质量按照要求全部合格，完成了在制造厂出厂前的各项准备工作。

3月21日，"东方红－1"号卫星完成总装任务，达到了发射要求。

3月26日，周恩来批准火箭、卫星正式出厂，技术人员接到通知将火箭、卫星装上了前往西北发射场的专列火车。

4月1日，"长征－1"号运载火箭和"东方红－1"号卫星如期运抵了酒泉卫星发射中心。

钱学森随同专列一起前往。

1970年4月2日19时，也就是运载火箭和卫星到达发射场的第二天，钱学森、李福泽、任新民等人从卫星发射场乘坐专机又一次来到北京，在人民大会堂福建厅向周恩来等中央专门委员领导同志汇报火箭、卫星到达发射场后第一线的实际情况。

按照预先确定的发射场工作计划，运载火箭和卫星完成了单元仪器测试、分系统测试、系统间匹配检查。

4月8日，卫星配合火箭完成了第一次总检查；4月9日火箭与卫星完成了对接测试；4月10日，经过10多个昼夜的紧张工作，火箭和卫星完成了第二次、第三次总检查，结果均正常。

钱学森虽然人在北京，但心与星紧密相连，他的心情与所有参加试验人员一样，测试工作的顺利完成给他带来了心头的喜悦。

19时整，周恩来迈着大家熟悉的稳健的步伐走了进来，一到会议厅便热情地向大家挥手致意，参加会议的所有人员激动得使劲鼓掌。

这时，周恩来拿起来自发射场的人员名单，边点名边与本人对号，亲切地问你多大年龄？是在哪个大学毕业的？是什么地方的人？

参加汇报的人员中恰巧有几位是辽宁人，他们有金县的，有复县的，有海城的，还有盖平的。周恩来风趣地说："很巧嘛，今天来开会的同志是金、复、海、盖，很齐全，那个地方我去过。"会议就这样在活跃而轻松的气氛中开始了。

会议按照事先的议程进行。钱学森按照事先准备的材料一五一十地汇报火箭和卫星进入发射场后的情况。

钱学森说："发射卫星的火箭是一枚大型三级火箭，其复杂程度较之人体的五脏六腑、血脉经络有过之而无不及。"这时他以内疚的心情谈道："总装时，尽管大家作了反复的检查，但在总检查时还是发现了火箭舱内有遗留下的焊渣和钳子等多余物。"

周恩来的眉头紧锁了一下，立即插话说："这可不行！这等于外科医生开刀把刀子、钳子丢在了病人的肚子里嘛！你们的产品是允许搬来搬去，允许拆开、再组装，找一遍不行再找一遍，总可以搞干净嘛！无非是晚两天出厂。把焊渣和钳子丢在火箭里头，这是不能原谅的！"

周恩来的批评很严厉，但切中的要害又令大家服气，大家是打心眼里感到内疚，感到确实不能原谅。

接下来，各系统的负责人做了更为具体的汇报。当一些图纸、原理表格铺在周恩来面前的地毯上时，总理拿着铅笔和一个蓝色的小笔记本半跪在地毯前，一边仔细听汇报，一边在本上记着，还不时提出一些问题。

在汇报中，遇到专业技术术语听不明白的地方，总理就请钱学森来作通俗的"翻译"。

周恩来对每个问题的解答都一一谈了自己的看法。

在汇报到安全方案时，周恩来认真地看着地图上标着的卫星发射后的理论飞行轨迹，又提出了一些问题。比如：火箭发生什么故障必须按照安全预案处置？安全预案实施后会产生多大的影响？同时要求对有可能出现的各种情况，都要在目前所掌握的能力范围内多动脑筋，把问题尽可能地想周到。

为了鼓舞大家的信心，周恩来说："那就这样吧，同志们大胆地去干吧，搞科学试验嘛，成功和失败的可能性都存在，你们大家要尽量把工作做细、做好，万一失败了也没有什么，继续努力就是了。失败是成功之母嘛！"

1970 年 4 月 24 日 15 时 50 分，发射场接到周恩来给钱学森打来的电话。

周恩来在电话中说：

　　毛主席已经批准了这次发射。希望大家鼓
足干劲，细致地工作。要一次成功，为祖国
争光！

4月24日，位于中国西北部的酒泉卫星发射中心蔚蓝的天空万里无云，随着发射警报从高音喇叭里一次次响起，发射场坪的人员按照发射程序逐步撤离。太阳已经落下，傍晚的天色已经黑暗，但发射场四周的照明灯将发射场照得如同白昼，最后一次急促的撤离警报声拉响后，发射场坪已经空无一人，地下控制室的潜望镜伸向地面，人们屏住呼吸等待火箭点火的最后一刹那……

21时35分，高音喇叭里传出指挥员那洪亮的"点火"口令。

地下控制室发射控制台前的胡世祥，日后升任解放军总装备部中将副部长，按下火箭"点火"的按钮。瞬间，载有"东方红－1"号卫星的运载火箭的发动机喷射烈焰，火箭伴随着轰鸣声腾空而起冲向天空。

控制室监测仪器灯光闪烁，仪器的"嗒嗒""嗒嗒"声不断显示着飞行正常的数据。

仅仅几分钟时间，火箭按预定轨迹飞出了人们的视线，但人们的目光仍然停留在火箭消失的地方不肯收回……

15 分钟后高音喇叭里传出测控系统报告"星箭分离"和"卫星入轨"的消息。

"东方红 - 1"号卫星发射成功了！《东方红》乐曲环绕太空、响彻全球！

大家欢欣跳跃，相互拥抱祝贺，泪水和汗水交织在一起。

1970 年 4 月 25 日 18 时，新华社受权向全世界宣布：

1970 年 4 月 24 日，中国成功地发射了第一颗人造卫星。

这是中国自行研制的"长征 - 1"号三级运载火箭发射成功的第一颗自行设计制造的人造卫星。

卫星初始运行轨道距离地球表面最近点高度 439 公里，距离地球表面最远点高度 2384 公里，轨道平面与地球赤道夹角 68.5 度。卫星外形为近似球面直径 1 米的 72 面体，卫星重量 173 公斤。

卫星用 20.009 兆赫的无线电频率播放《东方红》乐曲。

我国继苏联、美国、法国和日本之后，成为世界上第五个能够独立研制和发射人造地球卫星的国家。

在当时国际航天舞台上有 4 颗卫星已经上天：

1957 年 10 月 4 日，苏联成功地发射了世界上第一颗人造地球卫星"伴侣 1 号"，它的外形像一个大皮球，外径 0.58 米，重 83.6 公斤，它的构造比较简单，由两个铝合金半球壳对接而成，壳外有四根鞭状天线；

1958 年 1 月 31 日，美国发射了第一颗人造地球卫星"探险者 1 号"，卫星重 8.22 公斤，携带了很多仪器，首次发现了地球辐射带；

1965 年 11 月 26 日，法国发射了第一颗"试验卫星一号"，它是一个双截头锥体，重 42 公斤；

"大隅号"是日本于 1970 年 2 月 11 日发射的第一颗卫星，外形呈球形，直径 0.45 米，重量只有 9.4 公斤，这颗卫星的发射比中国的第一颗卫星仅早两个多月。

中国发射的这颗卫星的重量比上述 4 个国家第一颗卫星的重量总和还要多。其跟踪手段、信号传递方式、星上温度控制系统也都超过上述 4 个国家第一颗卫星的水平。

1970 年 4 月 25 日的《人民日报》上，整版刊登了卫星经过祖国各地上空的时间表：几时几分经过天津，几时几分经过广州，几时几分经过上海……当天 20 时 30 分，卫星经过北京上空。

长安街华灯怒放，人群像潮水一样涌向天安门广场。人们一边敲锣打鼓，高喊着口号；一边伸长脖子，在满天繁星里搜寻那颗移动着、闪烁着的小星星。

1970 年五一国际劳动节的晚上，钱学森、任新民、戚发轫等科技人员应邀上天安门城楼观看焰火。

毛泽东亲切地接见了他们。

当我国的第一颗人造卫星飞临北京上空时，天安门广场成千上万的群众一下子安静下来。当他们真真切切听到人造卫星通过无线电播从太空传来的他们熟悉的"东方红，太阳升"乐曲时，广场上立即爆发出欢呼声。

毛泽东和所有党和国家领导人都热烈鼓掌。

这意味着中国人民不仅站起来了，而且新中国真正强大了！

当人们尽情地欢呼歌唱时，钱学森却悄悄地退到了后排，站在一个很不显眼的位置，连毛泽东回过头来，都没有找到他。钱学森一贯坚持认为，一切成就归于党，归于集体，他个人只是沧海一粟。

四、 科研成就

● 1955 年 10 月 8 日钱学森归国后，成为中国航天事业的最高技术负责人和重要领导人之一。

● 1958 年，时任中科院力学所所长的钱学森，与副所长郭永怀先生等著名科学家亲手创办了中国科学技术大学近代力学系，并担任系主任长达 20 余年。

● 钱学森不仅以自己严谨和勤奋的科学态度在航天领域为人类的进步作出了卓越的贡献，更以淡泊名利和率真的人生态度诠释了一个科学家的人格品质。

中国航天事业的开创者

1955 年 10 月 8 日钱学森归国后，成为中国航天事业的最高技术负责人和重要领导人之一。

翻开共和国的年谱，人们清楚地看到，从 1956 年到 1968 年，短短的 12 年间，中国在一无资料、二无技术，经济基础薄弱，外国专家突然撤走的情况下，克服重重困难，自行设计、制造、试验并成功地发射了导弹、原子弹和人造地球卫星，取得了进入世界军事强国行列的入门券，令世人刮目相看。这是完全由中国人自己创造的近乎天方夜谭式的神话。

"两弹一星"，石破天惊！全世界爱好和平的人民欢欣鼓舞，帝国主义胆战心惊。

这一伟大成就是巨人的决心、伟人的筹谋、将军的指挥和广大指战员与工程技术人员团结奋斗的结晶，是火箭、导弹和卫星的总设计师钱学森精心绘制的杰作。

他最先提出建立中国自己的导弹和航天工业，他最先提出我国人造卫星工程的顶层设计方案，并安排了深空火箭和气象火箭研制计划。

在他的建议下，我国卫星研制工程正式启动，他受命担任了首任中国空间技术研究院院长。

在钱学森的主持下，我国制定了"三星计划"，首先保证"东方红－1"号卫星成功发射，随后将返回式卫星列为重点，然后发展同步轨道卫星。这一技术路线为我国卫星事业取得巨大进步，为载人航天的发展奠定了坚实的基础。

1956 年 10 月 8 日，我国第一个导弹研究机构宣告成立，钱学森任研究院院长。

钱学森长期担任火箭、导弹和航天器研制的技术领导职务，为中国火箭和导弹技术的发展提出了极为重要的实施方案。

在我国研制成功了第一枚导弹之后，他又亲自主持我国"两弹结合"的技术攻关和试验工作，于 1966 年成功发射了我国第一枚导弹核武器。

1965 年，他向中央提出研制发射人造卫星的时机已经成熟。他于 1968 年兼任空间技术研究院首任院长。

1970 年我国第一颗人造地球卫星发射成功，新中国终于迎来了航天时代的黎明。

"两弹一星"不仅为我们建立战略导弹部队提供了装备技术保障，增强了我军在高技术条件下的防御能力和作战能力，而且带动了我国高技术及其产业的发展，促进了经济建设和科技进步。

"两弹一星"事业所取得的巨大成就，是中国人民挺直腰杆站起来的重要标志，极大地鼓舞了全党全军全国人民的斗志，增强了民族凝聚力，激发了振兴中华的爱国热情。

正如邓小平同志曾经指出的那样：

> 如果60年代以来中国没有原子弹、氢弹，没有发射卫星，中国就不能叫有重要影响的大国，就没有现在这样的国际地位。这些东西反映一个民族的能力，也是一个民族、一个国家兴旺发达的标志。

钱学森先生不愧为我国航天事业的导师、开创者和奠基人！

钱学森对科学技术的重大贡献是多方面的，他以总体、动力、制导、气动力、结构、计算机、质量控制等领域的丰富知识，为组织领导新中国火箭、导弹和航天器的研究发展工作发挥了巨大作用，对中国火箭、导弹和航天事业的迅速发展作出了卓越贡献。

在钱学森心里，国为重，家为轻；科学最重，名利最轻。5年归国路，10年两弹成。开创祖国航天事业，他是先行人，披荆斩棘，把智慧锻造成阶梯留给后来的攀登者。他是知识的宝藏，是科学的旗帜，是中华民族知识分子的典范。

钱学森——中国航天事业的奠基人，感动着亿万人民。

中国近代力学奠基人

钱学森是应用力学、航天技术和系统工程科学家。

他早年在应用力学和火箭、导弹技术的许多领域都做过开创性的工作；独立研究以及和冯·卡门合作研究提出的许多理论，为应用力学、航空工程、火箭、导弹技术的发展奠定了基础；回国后长期担任火箭、导弹和卫星研制的技术领导职务，为创建和发展我国的导弹、航天事业作出了杰出贡献。

1958 年，时任中科院力学所所长的钱学森，与副所长郭永怀先生等著名科学家亲手创办了中国科学技术大学近代力学系，并担任系主任长达 20 余年。在近代力学系的创建以及发展过程中，钱学森呕心沥血、事必躬亲。多年来，他不仅为我国直接培养了大批优秀人才，形成了独特的人才培养体系；而且始终以科教兴国为自己的崇高使命，长期热忱地关注着中国的教育事业，并为之倾注了大量心血。

钱学森本人的研究成果，即《工程控制论》，是世界工程控制论的开创著作之一。近代力学的发展对我国航天等尖端技术与经济建设起到了重要的推动作用。

钱学森教授认为，力学是技术科学中的理论部分，力学的内容除包括传统的固体力学、流体力学，还应该

科研成就

包括化学流体力学、磁流体力学、物理力学，以及自动控制理论、核能利用、工程经济、运输理论等。

在开展科学研究格局上，钱学森教授主张，要分成三个层次来解决问题。这三个层次就是中国科学院的研究所、工业部的研究所和企业的研究所。他认为，科学院的研究所，应该解决带有方向性、共同性的问题，其最大的任务是在领导科学技术的发展中，彻底了解工程技术的世界水平，提出未来10年、15年的发展方向，这也许是工程技术的深入发展和前进，也许是探索出一个完全崭新的方向。他还认为，科学研究和工业教育应该走在工业的前面，给工业指导方向，而不是等工业上有了什么问题了，再被动地去解决。

钱学森教授在组建力学所时，还有一个重要的指导思想，就是特别强调科学与实际的结合。他说，任何科学研究必须与实际结合；挑选题目时应和国家工业推进的方向相适应；要注意生产过程中发生了什么问题，要耐心地考虑，并从里面发现共同点，解决了这一问题，也就可以解决类似的若干问题。

中国自然科学领导者

　　钱学森共发表专著7部，论文300余篇，主要贡献表现在以下几方面：

　　一是应用力学方面。钱学森在应用力学的空气动力学方面和固体力学方面都做过开拓性的工作。与冯·卡门合作进行的可压缩边界层的研究，揭示了这一领域的一些温度变化情况，创立了卡门—钱学森方法。与郭永怀合作，最早在跨声速流动问题中引入上下临界马赫数的概念。

　　二是喷气推进与航天技术方面。从20世纪40年代到60年代初期，钱学森在火箭与航天领域提出了若干重要的概念：在20世纪40年代提出并实现了火箭助推起飞装置（JATO），使飞机跑道距离缩短；在1949年提出了火箭旅客飞机概念和关于核火箭的设想；在1953年研究了行星际飞行理论的可能性；在1962年出版的《星际航行概论》中，提出了用一架装有喷气发动机的大飞机作为第一级运载工具，用一架装有火箭发动机的飞机作为第二级运载工具的天地往返运输系统概念。

　　三是工程控制论方面。工程控制论在其形成过程中，把设计稳定与制导系统这类工程技术实践作为主要研究对象。钱学森本人就是这类研究工作的先驱者。

四是物理力学方面。钱学森在 1946 年将稀薄气体的物理、化学和力学特性结合起来的研究是先驱性的工作。1953 年，他正式提出物理力学概念，主张从物质的微观规律确定其宏观力学特性，改变过去只靠实验测定力学性质的方法，大大节约了人力和物力，并开拓了高温高压的新领域。1961 年，他编著的《物理力学讲义》正式出版。现在这门科学的带头人是苟清泉教授。1984 年钱学森向苟清泉建议，把物理力学扩展到原子分子设计的工程技术上。

五是系统工程方面。钱学森不仅将我国航天系统工程的实践提炼成航天系统工程理论，并且在 20 世纪 80 年代初期提出国民经济建设总体设计部的概念。他还坚持致力于将航天系统工程概念推广应用到整个国家和国民经济建设中，并从社会形态和开放复杂巨系统的高度，论述了社会系统。任何一个社会的社会形态都有三个侧面：经济的社会形态、政治的社会形态和意识的社会形态。钱学森从而提出把社会系统划分为社会经济系统、社会政治系统和社会意识系统三个组成部分。

相应于三种社会形态应有三种文明建设，即物质文明建设（经济形态）、政治文明建设（政治形态）和精神文明建设（意识形态），社会主义文明建设应是这三种文明建设的协调发展。从实践角度来看，保证这三种文明建设协调发展的就是社会系统工程。从改革和开放的现实来看，不仅需要经济系统工程，更需要社会系统工程。

六是系统科学方面。钱学森对系统科学最重要的贡献，是他发展了系统学和开放的复杂巨系统的方法论。

七是思维科学方面。人工智能已成为国际上的一大热门，但学术思想却处于混乱状态。在这样的背景下，钱学森站在科技发展的前沿，提出创建思维科学这一科学技术部门，把20世纪30年代中国哲学界曾议论过，有所争论，但在当时条件下没办法讲清楚的主张，科学地概括成为思维科学。

钱学森在20世纪80年代初提出创建思维科学技术部门，认为思维科学是处理意识与大脑、精神与物质、主观与客观的科学，是现代科学技术的一个大部门。

推动思维科学研究的是计算机技术革命的需要。钱学森主张发展思维科学要同人工智能、智能计算机的工作结合起来。他以自己亲身参与应用力学发展的深刻体会，指明研究人工智能、智能计算机应以应用力学为借鉴，走理论联系实际，实际要理论指导的道路。人工智能的理论基础就是思维科学中的基础科学思维学。研究思维学的途径是从哲学的成果中寻找出来的，思维学实际上是从哲学中演化出来的。

他还认为形象思维学的建立是当前思维科学研究的突破口，也是人工智能、智能计算机的核心问题。

钱学森把系统科学方法应用到思维科学的研究中，提出思维的系统观，即首先以逻辑单元思维过程为微观基础，逐步构筑单一思维类型的一阶思维系统，也就是构筑抽象思维、形象（直感）思维、社会思维和特异思维（灵感思维）等；其次是解决二阶思维开放大系统的课题；最后是决策咨询高阶思维开放巨系统。

八是人体科学方面。钱学森是中国人体科学的倡导者。他提出用"人体功能态"理论来描述人体这一开放的复杂巨系统，研究系统的结构、功能和行为。他认为气功、特异功能是一种功能态，这样就把气功、特异功能、中医系统理论的研究置于先进的科学框架之内，对气功、特异功能的研究起了重大推动作用。

在钱学森指导下，北京航天医学工程研究所的研究人员于1984年开始对人体功能态进行研究，利用多维数据分析的方法，把对人体所测得的多项生理指标变量，综合成可以代表人体整个系统的变化点，以及它在各变量组成的多维相空间中的位置，运动到相对稳定，即目标点、目标环的位置。

他们发现了人体的醒觉、睡眠、警觉和气功等功能态的各自的目标点和目标环。这样就把系统科学的理论在人体系统上体现出来了，使人体科学研究有了客观指标和科学理论。

在科学技术体系与马克思主义哲学研究方面，钱学森认为，马克思主义哲学是人类对客观世界认识的最高概括，也是对现代科学技术的最高概括。钱学森将当代科学技术发展状况，归纳为10个紧密相连的科学技术部门。

这些科学技术部门的划分方法是钱学森运用马克思主义哲学，特别是系统论对科学分类方法的又一创新。

晚年的钱学森被选为中国科学技术协会主席，肩负起了领导协调全国各自然科学学会协作的工作。

作为一名世界级科学家，他始终站在世界科学发展的峰巅俯视世界科学的发展潮流，关注中国赶超世界科学发展的动向以及涌现出来的新生事物，高瞻远瞩地提出适合我国国情的建设性科学创见，推动着中国科技总体水平的不断提高。

他将系统工程论的理论与方法运用于人类生活的各个方面，提出了著名的航天系统工程论、军事系统工程理论；提出用系统科学方法将历史科学定量化；倡议与指导用系统科学理论对我国经济计划和社会发展进行科学预测研究。

他进一步运用系统科学于交叉科学领域，建议自然科学与社会科学工作者合作，建立解决经济发展与财政补贴问题的经济并使之现代化。他把握时机，适时提出了以旷野、草原、海疆和沙漠为主战场的旨在脱贫的第六次产业革命。

他提倡思维科学中应特别关注社会思维学的研究；面对伪科学的盛行，他建议加强生命科学的研究。

他在中国科学院召开的数学家大会上就数学学科变为数学科学作了长篇报告，阐述了他的真知灼见。事后，他还就发表在《数学通报》上的文章《面向新世纪的数学》给笔者写信，信中指出：

> 我国数学家的同仁必须看到科学技术以至世界的新变化，电子计算机的出现和其将来的普遍使用。到21世纪，人类对数学的要求将有根本性的变化，所以数学科学的研究和教学也将有相应的根本性变化，不然起不了科学技术是第一生产力的作用。

钱学森不仅以自己严谨和勤奋的科学态度在航天领域为人类的进步作出了卓越的贡献，更以淡泊名利和率真的人生态度诠释了一个科学家的人格品质。

本书主要参考资料

《国史全鉴》本书编委会编 团结出版社

《共和国要闻珍闻》郑毅 李冬梅 李梦主编 吉林文
　　史出版社

《钱学森》祁淑英著 中国社会出版社

《钱学森书信选》编辑组编 国防工业出版社

《航天之父——钱学森》祁淑英 魏根发著 江苏少年
　　儿童出版社

《钱学森实录》王文华编著 四川文艺出版社

《钱学森的故事》万春锦 张汉卿著 时代文艺出版社

《因为我是中国人：钱学森等科学家回国纪实》华心
　　编 陕西人民出版社